洞察人心
——外科医生随笔

INSIGHT INTO PEOPLE'S HEARTS:
ESSAYS OF SURGEONS

杨成 著

人民卫生出版社
·北 京·

为保护患者隐私：
文中名字均为化名，部分信息有模糊处理

图书在版编目（CIP）数据

洞察人心：外科医生随笔 / 杨成著. — 北京 ： 人民卫生出版社，2025. 7. — ISBN 978-7-117-38296-0

Ⅰ. I267. 1

中国国家版本馆 CIP 数据核字第 20250QN900 号

洞察人心——外科医生随笔
Dongcha Renxin——Waike Yisheng Suibi

著　　者	杨　成
出版发行	**人民卫生出版社**（中继线 010-59780011）
地　　址	北京市朝阳区潘家园南里 19 号
邮　　编	100021
E - mail	pmph @ pmph.com
购书热线	010-59787592　010-59787584　010-65264830
印　　刷	北京顶佳世纪印刷有限公司
经　　销	新华书店
开　　本	787×1092　1/32　　印张:9
字　　数	120 千字
版　　次	2025 年 7 月第 1 版
印　　次	2025 年 8 月第 1 次印刷
标准书号	ISBN 978-7-117-38296-0
定　　价	59.90 元

打击盗版举报电话	010-59787491	E- mail	WQ @ pmph.com
质量问题联系电话	010-59787234	E- mail	zhiliang @ pmph.com
数字融合服务电话	4001118166	E- mail	zengzhi @ pmph.com

柳叶刀下的生死博弈

笔端流淌的灵魂絮语

序言

医学的伟大与深远，不仅体现在它对个体生命的呵护，更在于它承载着整个社会的健康与希望。在所有医学领域中，心脏外科无疑是最具挑战性的学科，它不仅要求医生具备精湛的技术、严谨的思维和敏锐的判断力，更需要医生具有一颗敬畏生命、仁爱为怀的心。杨成医生，正是这样一位兼具卓越医术与仁心的医生。在多年的行医生涯中，他不仅以高超的技艺挽救了无数患者的生命，更用真诚、细腻的关怀，建立起医患之间深厚的信任。他的心中，始终怀有一片温暖的净土，容纳着每一位患者对生命的渴望和期盼。

在现代医疗体系中，医患关系常被误解为冷冰冰的服务与被服务关系。然而，真正的医疗实践远非技术的堆砌与流程的执行，医生和患者之间的关系绝非简单的二元对立。医生，站在生命的最前沿，看到的不仅是需要修复的器官，更是这些鲜活的生命背后，千家万户的期待与寄托。患者对医生的信任，也往往超越了医学技术本身，深入到情感的依托与心理的依赖。

《洞察人心——外科医生随笔》正是这样一本揭示了医患关系深度与复杂性的著作。杨成医生通过自己在心脏外科丰富的临床经验，带领我们走进一个充满生命张力的世界。与其说本书是关于心脏外科的医学感悟，倒不如说它是一部探讨信任、责任与大爱的生命哲学之作。

如果你好奇外科医生的工作，本书将带领读者近距离观察心脏外科的核心——你将身临其境般地见证手术台上紧张刺激的生死较量，感受到一位医生是如何在转瞬之间，做出关系到患者生死存亡的关键抉择。你也会感受到术后的病房里，患者静静躺在病床上，身上插满各种管路，监护仪滴答作响，每一次波动都牵动着医生和家属的神经。

如果你对医患关系充满好奇，本书亦将为你提供一扇明窗，展现科学与人文的交融，展示杨成医生如何在繁杂的医疗程序中，依然保持对生命的尊重与关怀。通过杨医生的亲身经历，你将看到医患关系中最真实、最感人的情感流动，了解到医学背后深藏的人文光辉。

作为医学同行，我深知，要成为一名优秀的心外科医生，除了过硬的技术，更要有一份深沉的责任感。杨成医生正是这样一位始终秉持初心、勇担使命的医生。在他的医疗实践中，每一次抉择不仅关乎患者的生命，也承载着更为深远的社会责任与人文关怀。

　　我相信，这本书不仅是对心脏外科领域的深刻洞察，也为广大读者提供了更为清晰的视角，让更多人理解医生的工作与责任。希望它能够触动每一位读者的内心，激发人们对生命的敬畏与对社会责任的认同。同时，也希望在未来的医学道路上，每一位医务工作者都能继续秉持初心，用医术和爱去守护更多生命，推动社会进步。

中国科学院院士

葛均波

2025年5月

前言

医学，不仅是一门严谨的科学，更是一种理性与真情交织的艺术，是一场心灵与身体的交锋，是一段以性命相托的庄严承诺。

在争分夺秒的手术室里，外科医生用精湛的技艺挽救生命，奋力将岌岌可危的患者从悬崖边拉回；在病房里，医生用真诚的关怀抚慰一颗颗焦虑不安的心灵，点燃患者内心的希望之光。每一次帮助患者重新点燃生命的烛火，我的内心都会涌起一股难以言表的满足，仿佛自己也随着他们的痊愈而获得了重生。那一刻，所有的困顿与疲惫都显得微不足道，充满意义。

然而，医学并非总是如此温柔、美好、如人所愿。有时，尽管我们倾尽全力，有些生命依旧会在我们无能为力的瞬间悄然而去。多年以后，我依然会在某个寂静的深夜，为之辗转反侧。要做一名好医生，不仅需要不断磨砺技术，更需要时常审视自己的内心，和生命对话。

行医已经有三十多年，支撑我走上这条充满挑战与荣耀的道路的，是我父亲言传身教的珍贵教诲——做人，要有一颗善良的心，要尽己所能去温暖他人。这句话如涓涓细流，始终流淌在我心间，提醒着我：善待患者是医德，敬畏生命是人性。一个人只有一颗心脏，而这颗心脏，不仅关系到患者生命的长度和质量，更关系到他身后无数爱他的亲人——这颗心脏虽轻，但重如泰山，重到我需要竭尽全力去守护这份信任，不负生命的重托。

在这条漫长且充满未知的行医生涯中，我见证了生命最脆弱的瞬间，也目睹了生命在绝境之中最坚韧的反击；我感受过医患之间最真实的情感：有质疑的声音，但更多的是信任与依赖；我也经历过许多刻骨铭心的瞬间：从术前的忐忑不安，到术后的重生喜悦，每一位患者的经历都是一个动人的故事，而每一次心灵的触动，都让我对"医生"这个神圣的身份有了更深刻的理解与敬畏。

这本书虽然是我作为心脏外科医生的随笔，但它更是一首首关于生命、关于希望、关于信任的瑰丽诗篇，是一段段真实动人的故事，记录了我与患者们一同品味生死、情感与人性的深刻体验。每一篇随笔都承载着我多年来的执着与思考，寄托了我对医学的热爱与对生命的敬畏。我希望这些真实的故事，能触动你心底最柔软的部分，让你感受到我的初心与坚持，也让你更深刻地理解医学的本质不仅是救死扶伤，更是一座跨越生死、跨越时空的桥梁，让陌生人心与心之间紧紧相连，将无言的爱与责任传递给每一个需要的人。

在这里要特别感谢我的合作伙伴马小菁女士，她在我撰写这些随笔时，给予了我无微不至的帮助与宝贵的建议，使我能够更为精准地表达我在手术台上、在病床旁那些无数次跌宕起伏的思绪与感悟，使这本书呈现出更多的深度与温度。

我要感谢我的家人，我从手术室归来常常已是深夜，但家中温暖的灯光总是为我亮着，热气腾腾的饭菜也总是在等待着我。我要感谢我的同事们，他们是我工作中最坚实、可靠的队友，我们相互支持，才能跨越每一道难关，修复一个又一个濒临破碎的心灵。

最后，愿这本书能让你感受到医学的温度，理解医生那份真挚的仁心，也愿我们在洞察人心的旅程中，能携手寻找生命的意义。

愿每一颗心，都能被温柔以待。

复旦大学附属中山医院

杨成

2025年5月

目录

这本该是一个无比幸福的家庭，夫妻事业有成，恩爱有加，独女林珊漂亮又上进，在大学即将毕业的时候顺利考上海外名校。如无意外，她本该下个月就赴国外求学。直到一场突如其来的意外，打破了她充满希望的未来。

时间过去太久，王宝麟已经不太记得医生的名字了。就像时过境迁后，他也不太记得当年医生的那些殷切叮嘱，只专注于用一根接一根的烟，化解当下的困境。转眼间，不过思绪片刻，烟已经烧到尽头。王宝麟弹弹指间，方才那些破碎的思绪如同无足轻重的烟灰一样，随风而落。

一对亲父子，两段医患情

作为医生，我不过是用我掌握的技术，做了我应该做的事情，但是对于另一个人、另一个家庭来说，却有着非凡的意义。这意味着，一个家庭的完整和幸福，再一次得到延续，而我在其中功不可没——或许，这就是我如此热爱我的职业的原因吧，守护每一个渺小而伟大生命，收获每一份真诚且深沉的感谢。

胆怯与坚定

楼下的小空地里，草木因为入冬而有些衰败，但广场中心孙中山先生的雕像却依然巍然屹立。纵然只是一座石雕，那高大而沉稳的轮廓却使我感到一股凝练的正派之气。

倒计时25分钟

如果说要给这世界上的脆弱之物论资排辈，在我看来，第三是一戳就破的轻盈泡沫；第二要属久经日晒，早已风化的薄薄纸张；比这两件东西还要经不起折腾的，那一定是老年女性患者的主动脉壁——固定缝线是不能用一丝丝力气的，我得无比精准地控制自己的手。

爱在人生离别时

银灰色的电梯像一面模糊的镜子，映衬出两人一车影影绰绰的影子，压抑而又肃穆，狭窄的空间里，他们显得那么亲密无间。经历过抢救时的分隔，终于，丈夫和妻子、父亲和女儿，一家三口又在一起了，只可惜已是茫茫生死两隔。

永不分离的爱人

他暗色调的警服在病房的洁白里，显得那么突出。我站在病床旁，想和他解释一下，但他并没有看我，只是单腿跪在床头，俯身向下，深情地抚摸着阿玲那年轻却苍白的脸，那正在渐渐失去体温的身体："老婆，你别怕! 你别怕，我也会去的, 去和你团聚!"

不为手术，只为生命

多年前，面对一个手术指征存疑的患者，有个外科医生说过这样一句让我铭记至今的话："如果这个患者是你妈妈，你会给她开刀吗?"

两颗定时炸弹，先拆哪个好

我抿唇，双眼如苍鹰一般锁定眼前这颗心脏，但有一缕思绪不听使唤地神游到另一个奇妙的世界——像穿越到小人国一般，老程的心脏突然变得硕大无比，如一座巍峨的山峰，猿猱穿梭其中，悲鸟哀号不停，仅能容下一人走过的狭窄古道沿着嶙峋的边缘盘旋而上，指引我攀上顶峰。

重逢与重生

公园里有群鸟啁啾，有绿荫环绕，有不绝于耳的欢声笑语……这一切都透露着生命的活力，令我感到心中像是有一团炽热的火焰在燃烧，使我充满了力量。我如此热爱我的职业，尽管它时常令我身处险境，面对风险。但我依然热爱这种救死扶伤的感觉，究其原因，我想大概是因为我发自内心地热爱生命，热爱美好。

差一点儿，她就成了孤儿

这件事已经过去很久了，但我偶尔还会想起这个姑娘脸上淡淡的笑容和坚毅的眼神：好一朵铿锵玫瑰！大概，她已经习惯了照顾爸爸，习惯了独自去面对生活中的种种挑战，习惯了担起只有两个人的家庭的重担。

一场咳嗽背后的真相

我曾经说过很多次：有些时候做医生的快乐源自被称赞、被认可时的骄傲；有些时候源自一次次用自己的能力帮助患者的满足；还有些时候，像这次一样，源自破案般的成就感。

老张的故事

我知道，我们之间已经有了一个关乎生死的故事，有点儿离奇，但还好以善为终。幸好是顺利结束，我才能在此刻微笑着问他："你想知道在外院那次，他们是如何抢救你的吗？"这次，轮到我来讲述老张的故事了……

没说出口的道别

我很难过，不敢再看他的家人，害怕看到他们悲伤的面庞。但是我并不遗憾，医学不是万能的，有时候，我们只能眼睁睁地看着一个生命就此离去。在残酷的生老病死面前，医生能做的就是竭尽全力，就像园丁尽心尽力去浇灌生命的种子，给它们阳光雨露，但最后，不是每一颗种子都能发芽、开花。

心光不灭：信任的力量

我从这个被其他医院"判死刑"的患者身上看到了一丝转机，于是给了她一个机会，尽管这对于我是个很大的挑战，但现在看起来，很值得。世界很大，我鞭长莫及之处俯拾皆是，但也很小，患者找到我，给予我这份信任，我岂能辜负？

一场生命的双向奔赴

是医生救了患者，也是患者自己救了自己；是不断发展的医学给了患者更好的生活，也是患者反哺了医学的研究和发展。用现在的一句流行语来说，可能这就是美好的"双向奔赴"吧。

老黄拖得太久了，拖到心脏病的终末期。尽管我们竭尽全力，解决了他的根本问题，但是继发的心力衰竭却无法逆转。尽管用了所有措施，他还是像根燃尽的蜡烛，不可逆转地走到生命尽头。

从此，对于我

医生不再是职业

是用努力，用善良，用真心去照亮每一个患者的心灵

一束花的代价

这本该是一个无比幸福的家庭，夫妻事业有成，恩爱有加，独女林珊漂亮又上进，在大学即将毕业的时候顺利考上海外名校。如无意外，她本该下个月就赴国外求学。直到一场突如其来的意外，打破了她充满希望的未来。

1

医院的走廊狭长、逼仄，却包容万象，就像人生一样，从这头望到那头，总能看到许多东西。

尤其是在夜半时分，这个时候还在医院来回踱步的人，大多正在经历一些困境。

此刻，医院走廊顶灯明亮，林风身形伛偻地坐在302病房外的长凳上，两手搁在膝盖上，微微颤抖。

病房里不时传来女人隐隐约约的低语，还伴随着阵阵喑哑微弱的咳嗽。这些声音，像一根根无形的丝线，卷走了林风的魂魄，让他只是失神地愣坐着。等回过神来，眼前已经出现了魏茹的鞋，和她笔直、匀称的小腿。

抬起头，林风对上魏茹疲惫的眼。多年的夫妻默契无须多言，他起身，和魏茹一起朝着远离病房的方向走去。

医院外的居民楼里，人们陷入了安稳的沉睡中，暖黄的夜灯像星星一样，守护着人们的美梦。

医院里的走廊上，头顶的冷光照在这对夫妻身上，他们彼此依偎，却显得无比孤寂。

这本该是一个无比幸福的家庭，夫妻事业有成，恩爱有加，独女林珊漂亮又上进，在大学即将毕业的时候顺利考上海外名校。如无意外，她本该下个月就赴国外求学。

直到一场突如其来的意外，打破了她充满希望的未来。

2

你小时候一定听过睡美人的故事吧。

没有人能想到，一个小小的纺锤尖居然能带来这样的灾祸，使得公主陷入多年沉睡。就像任何人都不会想到，一根小小的花刺，差点儿要了林珊的性命，让她几度生命垂危。

五月的上海，春日渐消，夏日初长，再过三个月，就要去美国读书了。想着没几天就是母亲节，林珊决定买一捧鲜花送给妈妈。

花店里万紫千红，香气扑鼻，林珊埋头专注地挑花，却没仔细看到花梗上还有锐利的小刺。

"哎呀！"她小声叫了出来，低头看了看出血的手指尖，看着伤口不深，也不算痛，便没当回事，只是轻轻地用纸巾擦去点点殷红，然后示意店员把自己挑好的花包装好。

"妈妈，我给你买了花！"林珊抱着挑好的花束，开开心心地回家找妈妈撒娇。魏茹将娇艳的花束插入花瓶中，闻着这满室芬芳，看着女儿乖巧的面容，心里有些感慨：转眼间，女儿已经从一个小不点儿长成了即将远赴国外求学的大姑娘，时光的流逝，真是弹指一挥间……

晚上，一家人照旧一起吃了一顿温馨的晚饭，珍惜着这为数不多的团圆日子。

但这顿饭过去没几天，林珊却突然开始了一阵接一阵的咳嗽。

起初，父母只当林珊是得了普通感冒，像往常那样吃些治感冒的药就会好起来，但林珊的病情却不见好转。又拖了几天，林珊开始出现头脑昏沉、胸闷、气喘、高热不退的症状，林风夫妇这才警觉起来，心急如焚地把女儿送到医院，等待诊断结果。

此时距离林珊原定去国外读书的日子，已经不足两个月。

3

在医院第一次见到林珊的时候，我的心里涌起一股为人父母的怜爱之心。

22岁的林珊，本该是充满青春活力的小姑娘，此刻却躺在病床上，面色泛红，咳嗽不止，看起来格外憔悴、虚弱。

听他父亲林风说，林珊大学刚毕业，原本再过两个月，林珊就要出国读研究生了，却不知为何突然咳嗽不止，不能平卧，高热不退，这才被送到医院。

对于普通人来说，发热是再常见不过的症状，所以说着这些的时候，林风还不知道女儿得了什么病，以为只要一针退热针下去，女儿就能迅速好转，开开心心地准备留学。

我默默叹了口气，把林风夫妇叫到一旁，说："林珊的情况比较麻烦，属于感染性心内膜炎。"

林风抿了抿嘴，神色有些紧张："医生，什么是'感染性心内膜炎'？"

在一旁的魏茹也不由自主地握住了双手，身体朝着我微微前倾，仔细倾听着我接下来说的话。

略略沉默后，我详细地说明了情况，而这番话，犹如晴天霹雳般劈在林风和魏茹两人身上，魏茹一个腿软差点儿从椅子上摔下来，林风赶紧扶住她。

简而言之，心脏原本就有些小毛病的林珊，因为细菌感染而引发了心脏瓣膜炎症，导致二尖瓣膜毁损，重度反流。这种感染性心内膜炎病情急骤、凶险，患者随时可能因心力衰竭而死亡——但这还只是感染性心内膜炎的危险之一。

感染性心内膜炎的危险之二在于，林珊的二尖瓣上有一个直径约2厘米的巨大赘生物，伴随着心脏每分钟60~100次的跳动，赘生物不停甩动，随时可能脱落并随血液循环到达她的大脑中，造成林珊大面积脑梗死，结局不死也是偏瘫，余生必将在轮椅上度过。

这是林风夫妻万万没有想到的。

作为商人，林风驰骋商界，小有成就，但他对医学却所知不多，更是从未想过有一天会因为自己的女儿而了解"感染性心内膜炎"这种疾病。

呆愣片刻后，他打开手机，想要借助网络了解这种疾病的相关信息。但刚在搜索框中敲出"感染性心内膜炎"几个字，就被紧随其后跳出的"死亡率"三个耀眼的大字惊得手略一颤。突然间，林风的心脏上像被扎了一把锐利的银色尖刀，令他痛苦万分。

他稳了稳心神，赶紧焦急地往下读："没有严重并发症的急性感染性心内膜炎患者一般可以治愈，心力衰竭是最严重的死亡原因，然后是肾衰竭、脑梗死、细菌性动脉瘤破裂和严重感染……手术风险高。"

林风认识页面上的每一个字，但每一个字，却都让他的大脑空白一片。

不做手术是不行的，但手术风险很高，如果手术失败……

林风不敢再想下去，摇摇头，依然觉得难以相信事情会发展至此。原本铺在女儿眼前的蓝图，应该是春和景明，绮丽万分。可一夕之间出现了一双无形的手，把蓝图撕个粉碎，把他们一家扔到了迷宫的入口，无论他们选择哪条路径，都危险重重。

林风知道他们别无选择，所以只能在心中默默祈祷上天，保佑他的女儿，只要女儿珊珊能好起来，他愿意付出任何代价。

4

没有人告诉林珊她即将面对生命的终结，林风拉着病床上女儿的手，告诉她问题不大，只需要动个小手术，休养几天就能出国读书了。

林珊咳了几声，虽然身体极度虚弱，但总算放下心来，全心相信着父亲的话。她不知道自己的生命岌岌可危，不知道自己人生的美好拼图已经破碎，能否再度回归完整，就看手术能否顺利完成。

作为主刀医生的我，心里其实也捏着一把汗。

首先，在感染的基础上做二尖瓣修复手术本身就非常困难，对医生的技术和心理素质要求极高。其次，由于感染性心内膜炎，林珊出现了严重贫血，她是罕见的Rh阴性血，这种血型又被称为"熊猫血"，每1 000个人中才有约3个人和她血型一致，血源非常稀缺，这就意味着我很难申请到足够她完成手术的血量。最后，林珊之前没有接受过系统的抗生素治疗，在准备手术的过程中，她随时有发生心力衰竭和

我的青春
才刚刚
开始！

我虽然见过太多
生死，
但每一位医生心
中，都有一块
最柔软的土地

脑梗死的风险。

　　即便以上的困难都克服了，还是有可能出现手术失败的情况。假如修复手术不成功，我就要考虑给林珊做二尖瓣置换术，手术过程中林珊将面临两次心脏停搏，风险同样很高。

　　如果进行瓣膜置换，即使手术成功，未来林珊也需要终身服用抗凝药，定期到医院检查，不能生育，终其一生她的生活质量都会非常差，这对一个才22岁的姑娘来说，几乎等于今后的人生被毁掉了。

　　想到这些，我非常难受，医者仁心，从业多年，虽然面上不苟言笑，但心里却一直会把患者放到自己家人的角度上去想：如果是我的家人得了同样的疾病，我会怎么做？正因如此，纵使难度极高，经过再三考虑，我还是决定为林珊进行手术。

　　术前准备是另一场不可小觑的战役，林珊的状况随时在变化，林风夫妻的心态始终高度紧张，夜不能寐，而我，则紧锣密鼓地进行着术前准备，消耗也是不小。

　　好在十天辛苦的术前准备没有白费力气，手术很成功，我通过一个直径约7厘米的小切口为林珊修复好了二尖瓣，取出了赘生物。

　　手术结束，我高度紧绷的神经终于放松下来，此时此刻，我身心疲惫地走出手术间，望着镜子中的自己，脸色煞白，蓝帽子边缘上的汗水清晰可见，瞳孔中的红血丝亦是根根分明。但此刻，我的心中充满了成功挽救一个年轻生命的喜悦和完成一台高难度手术后的职业成就感。

　　我非常期待林珊身体好转后的样子。

5

　　林珊在医院休养了一周多就出院了，出院时，她的脸上已经渐渐有了血色，再进行一个月的巩固治疗，她就能完全恢复了。后来经过几次超声心动图复查，并未出现反流的情况，林珊的心脏完全恢复正常。

从头到尾，林珊都不知道自己曾经几度在生死线上挣扎，是父母和医生一直拉着她的手，驱散了死神的阴霾。

那天午休，我的手机忽然弹出一条消息，是林风发来的感谢。

"杨医生，珊珊现在恢复得很好，在国外读书的这几个月里，没有出现任何不适。感谢您高超的医术，给了珊珊第二次生命。"

接着，林风还传来了一张林珊现在的照片。

阳光灿烂，绿草茵茵，一个漂亮的小姑娘穿着淡黄色的吊带裙，正坐在草地上，对着镜头开朗自信地笑着，面色红润，与初来医院时的状态截然不同。

但我认得出来，这是林珊。

看着林珊的照片，我的心中感到一股暖意。见过太多的生死，但每个医生的心中依然有一个最柔软的地方，这正是我当初决定冒着风险，也要为林珊做修复手术的原因。

医者父母心，能有现在的结果，不仅是我身为一名医生对职业的追求，也是为人父母的殷切之心。看到现在的林珊，我作为医生尚且如此欣慰，可以想象屏幕对面作为父亲的林风，必定是沉浸在劫后余生的喜悦里。

"不客气，林爸爸，珊珊身体健康就好。"我回复说，也由衷地为他们一家感到高兴。

一缕烟，

十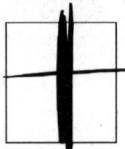年梦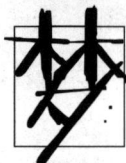

时间过去太久，王宝麟已经不太记得医生的名字了。就像时过境迁后，他也不太记得当年医生的那些殷切叮嘱，只专注于用一根接一根的烟，化解当下的困境。转眼间，不过思绪片刻，烟已经烧到尽头。王宝麟弹弹指间，方才那些破碎的思绪如同无足轻重的烟灰一样，随风而落。

1

45岁的王宝麟倚靠着车窗，点起一根烟。

一口烟下去，他整个面部都松弛下来，好像释下了千钧重负，连眉毛也微微下垂，颇有些弥勒眉的慈祥模样，就连那双迷离的眼睛，也在影影绰绰的烟雾中让人愈发看不清。夕阳的余光打在车窗上，反射出温柔的暖光。

吸烟有害健康，这点毋庸置疑。但对于一些中年男人，香烟却有着重要的意义。

压力大时来上一根烟，雾气缭绕中卸下烦恼，有道是

"一烟解千愁"，那些来自事业、生活、婚姻中的愁绪便随着烟雾飘摇到九霄云外。

有时，一根根烟也化作一座座桥梁，沟通起人和人之间的天堑。

"大哥，来根烟？"

逢人递上一根烟，话匣子就打开了，一来二去，还真结识了三五朋友。

王宝麟的生活离不开烟，每天半包是常事，有时遇到人情来往或是烦心事，数量还得再添几根。对此他早已习惯，甚至总是安慰自己：哪个男人不抽烟？比起那些一天抽好几包的人，自己已经很"克制"了。

只在偶尔，按动打火机点烟，在火焰闪烁的片刻，他的耳边会隐约飘过10年前医生的叮嘱："保持健康的生活方式，不要抽烟，定期复查。"

10年前，他因为先天性心脏病、三尖瓣下移畸形，在医院做了三尖瓣机械瓣置换术。

手术很成功，医生告诉他机械瓣理论上可以终身使用，但是机械瓣上容易形成血栓，特别是在右心系统的三尖瓣部位，由于血流速度慢，出现血栓的可能性更高，所以术后要严格进行抗凝治疗，定期复查，养成健康的生活习惯。

一开始，王宝麟的确在好好执行医嘱，生怕恢复得不够好。但人嘛，就是如此，大多好了伤疤忘了疼。久而久之，眼看身体已经没有大碍，王宝麟开始渐渐放纵自己：烟开始抽了，检查也好久才做一次。

随意起来后，他的身体倒也没见出现明显异常，于是他愈发有恃无恐，不再将医嘱放在心上：能有啥事啊，这么久了也没见不舒服嘛。

"对了，那个医生叫什么名字来着？"想起往事，他忍不住在心里嘀咕一句，"好像是叫……杨成吧？"

时间过去太久，王宝麟已经不太记得医生的名字了。就像时过境迁后，他也不太记得当年的那些殷切叮嘱，只专注于用一根接一根的烟，化解当下的困境。

转眼间，不过思绪片刻，烟已经烧到尽头。王宝麟弹弹指间，方才那些破碎的思绪如同无足轻重的烟灰一样，随风而落。

日子，就这么一天一天过去，转眼就到了春节。

2

本该是其乐融融的团聚之日，却被一场突如其来的疫情彻底打断。

年货尚未备齐，小区却不复往年的热闹，对联、窗花红艳，环境气氛却冷清。人们吃着年夜饭，看着春晚，心里却惦记着千里之外的亲人。

王宝麟和夫人徐薇坐在家里，关注着疫情动态，心里并不好过。

"薇薇，我不想抽烟了，感觉透不过气。"王宝麟斜躺在沙发上，闷闷地说。一旁的电视里，播音员还在字正腔圆地播报着时事新闻，严峻的形势给这个家笼罩上一层无形的阴霾。

徐微心里有些奇怪，这个年的确是压抑的，在人人自危的氛围里，大家心里都有些压抑，她感到一丝焦虑，王宝麟大概是惦记着疫情，所以寝食难安吧。

可若要按照王宝麟平时的习惯，他这个时候应该是跑到阳台上抽根烟解压才对，怎么反而不想抽烟了？

徐薇扭过头想开解王宝麟一两句，但仔细一看，却被吓了一跳。只见王宝麟面色不佳，嘴唇青紫，毫无正常人的红润血色。她蓦然想起曾经听人说过嘴唇发紫可能是因为心脏缺氧，血液循环不佳所致，便赶紧朝着王宝麟的方向坐过去，焦急低语："老公，你现在感觉怎么样？"

"难受……呼吸……不过来。"王宝麟抓抓脖子，喘着气说。

多年夫妻，徐薇对王宝麟可谓是了如指掌。她知道宝麟曾经因为先天性心脏病动过手术，那时她陪在他身旁；她也知道宝麟不该抽烟，但想着他就那么点儿爱好，别太过分也就由着他去了；她更知道，宝麟连烟都不想抽了，那说明他的身体是真的非常不舒服了，何况他现在的脸色代表着什么已经不言而喻了。

心里的警铃叮叮作响，徐薇当下拉起王宝麟："走，咱们现在就去医院。"

"现在？"王宝麟有些迟疑，他很难受，每一次呼吸都比往常更加艰难。但当下，他知道外出无疑要冒着巨大的风险。可就在这犹豫的片刻，他呼吸又是一室，有种喘不上来气的感觉，心里当即生出一丝危机和恐慌感。于是他赶紧点点头，和徐薇一起，浑身裹得严严实实的，驱车前往医院。

一路上的所见，更是让两人心里如坠冰窖：空荡荡的大街，虽然张灯结彩，却毫无热闹的气息，人们都蜷伏在家中，闭门不出。那他们这个时候选择去医院，是对还是错？

管不了那么多了，身体上愈发凶猛的疼痛感来势汹汹，给了王宝麟确定的答案。

3

医院里消毒水的味道，仿佛比平时更浓了几分。

大厅和通道里挤满了人，嘈杂的人声中夹杂着痛苦的呻吟。放眼望去，凡往来者，皆是全副武装，严阵以待：穿着防护服、戴着护目镜的医护人员，满脸焦急；戴着口罩的患者，忧心忡忡……眼前的一切，无一不昭示着事态严重，无言的恐惧在这里弥漫，但王宝麟夫妇直奔急诊室而去，已经顾不上什么潜在的危险了。

一套初步的检查下来，王宝麟的额头已经渗出薄薄一层汗液，可奇怪的是，检查结果显示除了严重缺氧外，并没有发现他的身体有其他问题，一时间，情况好像陷入僵局。

王宝麟忍着不适，蜷缩在躺椅上低低地喘着气，呼吸急促，完全没有四十岁男人该有的精气神。徐薇牵着丈夫的手，看着他青紫色的嘴唇，满心焦灼，脑海中突然闪现过一个念头：解铃还须系铃人，或许，还有一个人有办法，或许，他能解救自己的爱人。

就这样，10年之后，我和王宝麟夫妇在医院再度见面了。

10年的时间，能改变很多东西，它漫长到足够让一个孩子气的人变成稳重的青年，也足够让人们的眼角染上几缕时光的吻痕。但这个世界上还有很多东西，不会随着时间的改变而过期、变质，甚至在漫长岁月的淬炼下，它们会散发出更加耀眼的光芒——比如医生的技术，比如医生的医德，比如医生对患者的关心。

人命关天，收到消息后，判断出事态紧急的我顾不得防护措施是否绝对充足，戴上最简单的外科口罩就冲到了最危险的急诊室，在那里，我见到了阔别10年之久的王宝麟夫妇。

此时，王宝麟戴着鼻塞和面罩双路吸氧，但整个人都呈现出青紫色，一眼便知状态极差。我又走到监护仪旁核对指标。这一看不得了，我的心里顿时狠狠一紧——王宝麟的血氧饱和度竟然只有60%！

●当她牵扬丈夫的手
看着他紫红色嘴唇、
满心焦灼，脑海里
突然闪过一个念头，
解铃还需系铃人，
或许有个人能救我
……人。

这是什么概念？

正常人血氧饱和度一般在95%以上，即使是在西藏高原海拔如此高的地方，人们的血氧饱和度也应该达到85%以上。王宝麟的血氧饱和度却低至60%，这意味着，他正处于严重缺氧状态，随时可能因为呼吸衰竭面临生命危险。

不能再拖了！我当机立断，紧急联系监护室，护送王宝麟到监护室用呼吸机辅助呼吸。但这还只是急救计划的第一步。

王宝麟为何缺氧？不找到原因，就无法对症下药，那么王宝麟的生命就还是会面临着死亡的威胁！

4

又是一番缜密的诊疗。

护目镜上附着斑斑点点的雾气，显示着医生的忙碌，但狡猾的疾病并不肯轻易现出本源。

急诊室的床旁心脏超声和胸部CT没能给出疾病的原

因，我又为王宝麟安排了肺动脉CT血管造影，但报告并不确切，于是我转而同放射科的同事再三商榷，大家看法一致：王宝麟肺动脉血栓的机会不大，应该是其他原因造成的缺氧。

专业的排除法让事情的脉络渐渐清晰起来，此时，我想到了王宝麟的心脏手术史，判断他由于心内分流造成中心型发绀可能性大，于是又为王宝麟安排了更清晰的经食管超声心动图，以此探究他心脏内部的异常。

这次，我终于揪出元凶，结果显示：由于抗凝不充分，王宝麟的人工机械瓣膜上长满了血栓，瓣膜不能打开，右心房流入右心室的血流受阻，于是右心房的血液淤积，压力升高，使平时处于关闭状态的卵圆孔重新开放，右心房的静脉血经过卵圆孔进入左心房，与动脉血混合，造成中心型发绀——这正是他严重缺氧的原因！

找到了原因，事情就解决了一半。

第二天，心外科王主任和我通过一个右侧胸腔小切口，打开王宝麟的右心房进行微创手术。只见王宝麟原来的机械瓣上长满了血栓，正是这些可恶的"堵路石"让他的瓣膜不能开放，造成严重缺氧。

在为王宝麟切除了病变瓣膜，置换新的生物瓣后，我们缝闭了重新开放的卵圆孔。整个手术非常顺利，还没出手术室，王宝麟的血氧饱和度已经恢复到98%，面部和口唇再次恢复红润，有了生命应有的饱满色彩。

在医院冷色调的气氛中，徐薇看着丈夫脸上的那抹红，突然在凛冽的寒冬中感觉到了温暖的年味。家人在，就是团圆，团圆平安，就是最美的春节。

她长吁一口气，由衷地庆幸他们及时来到医院，庆幸遇到了我。

5

术后休息了5天，王宝麟就出院回家了。

到家的第一件事，就是把家里囤积的香烟处理掉。经此一役，他突然对香烟生起了排斥感，回想起曾经吞云吐雾的日子，他觉得那是自己生命的灵光，在随着烟雾渐渐消散。

又过了两周，徐薇带着王宝麟来复查。这时候，他已经完全恢复活力，又是一个神气活现的中年男人了。

"老王，还抽烟吗？"我淡淡地笑了一下，打趣说道。

"戒喽！"王宝麟摆摆手，"哪能还抽啊，这次长记性了。两次生命都是你们救活的，你们就是我的再生父母，你们的话比'圣旨'还有效！"

徐薇亦在旁边笑着，轻轻推了一下王宝麟："他敢抽？我可不允许，以后一定让他定期复查、服药，规律作息。"末了，徐薇朝着我轻轻一鞠躬："医生，真的太谢谢您了！"

我赶紧扶了她一把，连道"客气"，说只要王宝麟好好调养身体、遵医嘱，就是对我最好的感谢。

此后，香烟不再，但王宝麟的生活却如鲜花绽放，"香"气扑鼻，亦如轻"烟"飞舞，蒸蒸日上。

晴空下的重逢

是啊，人近中年，年龄不算大，身体正当好，财富、家庭……悉数拥有，但生活并没有那么轻松。恰恰相反，因为有了爱，所以有了责任，这些责任又成为一份份重担，压在每一个中年人的肩上——老人、孩子、爱人、车子、房子、票子……王磊正在扛起的责任，身为同龄人的我，再清楚不过。

1

明媚的午后，没有一丝云朵的天空清澈无垠，像被过滤了一切杂色，熠熠发光。若是抬头看着这样的晴空，一定能收获一整天的好心情。

此时，我正放松地坐在椅子上，喝了一口清茶，微微地眯着眼，享受着午间短暂的休憩时光。直到突然间，一阵欢乐的音乐铃声打破了这片祥和与安宁。

我拿起手机，电话那头传来一个熟悉而又陌生的声音："老杨，好久不见啊，我是王磊。"

一声问候，"嗒哒"一下打开了记忆的匣子，我心里旋即出现了一个精瘦男人的形象，那是我昔日的同学王磊。毕业之后，我俩还见过几面。

其中一次是在同学聚会上。经过多年的辛勤打拼，王磊已成为一名金融公司的高管，中流砥柱，左右逢源，哪怕是在同学会这样的场合，觥筹交错间，他也隐隐流露出一股不怒而威的气场。

还有一次是4年前，王磊因为主动脉瓣二叶式畸形，重度反流，做了微创主动脉瓣置换术。当时，为了术后的生活质量不受影响，王磊选择了只需要短时间抗凝的生物瓣。手术很顺利，他本来扩大的心脏回到正常大小，休养几天，他就又成了那个浑身都是干劲儿的顶梁柱。

想到这些回忆，我心里涌起一股亲切的暖意，接话道："是老王啊，好久不见，别来无恙？"

电话那头，缓缓传来一声疲惫又焦急的回答："我最近不好啊，老同学……"他顿了顿，"这一周以来，我持续高热，最高40度。开始以为是普通感冒，但是吊了水、用了药，还是不见好转。想来想去，还是你靠谱，所以打个电话问问你。"

高热40度？

听到这句话，我的心"咻"地一下提了起来：4年前，王磊曾做过微创主动脉瓣置换术。对于一个做过换瓣术的人而言，发热是个无比危险的征兆，严重者甚至可能面临生命危险。

"做心脏超声了吗？"我赶紧问王磊。

"做了，常规的体表心脏超声没发现人工瓣膜有异常。"

听到这里，我略松了一口气，又接着问："那血培养呢，结果怎么样？"

王磊沙哑的声音传了出来："阳性。"

简简单单两个字，却如平地惊雷，让我刚略略放下的心又立刻紧张起来：坏事了！换瓣术后的人高热且血培养阳性，很可能是人工瓣膜感染，早期心脏超声可能无法发现。人工瓣膜感染无疑是极其凶险的。一旦发生，患者就像腰上系了一根绳子，一头被死神握着，另一头则在医生手中。拯救患者的生命，无异于和死神拔河，争分夺秒，竭尽全力。

但我不想给王磊压力。

于是深深地吸了一口气，压抑住自己的担心，以宽抚的语气对王磊说："老王，别担心。你先住院吧，好好检查！"

电话挂了，我忍不住抬头看了看天。晴天依旧，只是欣赏风景的人已不复方才的好心情。

2

王磊住进了医院的感染科，状态并不好。

一方面，他的体温还没有完全得到控制，仍在发热；另一方面，他出现了平卧时呼吸困难的症状，这意味着他已经面临着心力衰竭的风险。

经验丰富的感染科医生给王磊使用了强力抗生素，同时做了全面的身体检查。

经食管超声心动图的结果验证了我的猜想：果然，此时此刻王磊原来置换的人工瓣膜已经感染，瓣膜上长满了赘生物，出现狭窄，同时出现了严重的瓣周漏，人工瓣膜功能严重损坏。同时，CT检查还在他的脑部发现了小的栓塞。

检验单上一行一行的黑白数字扫视下来，我的心里愈发冰凉。情况不容乐观，多年的行医经验告诉我，眼下只能冒着王磊心力衰竭和再次脑梗死的风险，进行紧急术前准备了。

我不打算把真实情况完全告诉王磊，怕他知道实情后忧心忡忡，不利于治疗。

但我还是会经常抽空去看王磊，叮嘱他各种注意事项。

"老杨，我情况怎么样？"随着病情加重，王磊的脸色越来越差，此刻他全然没有了昔日意气风发的样子，医院冷色的顶灯照到他的脸上，更是显得脸上血色全无。

"做个手术就好了。"我给老同学掖了掖被子，"问题不大，你不要慌。"

似是安慰王磊，似是安慰自己。

王磊病恹恹地躺在床上，听闻我的话，沉吟数秒，露出一丝不甚真实的笑容："好，老杨，4年前也是你救了我，我相信你！"

3

"杨医生，王磊不见了，你联系得上他吗？"护士突然气喘吁吁地出现在我的办公室，她颤抖的语气里，充斥着一分惊慌，四分生气，五分焦急，十分关心。

我也不禁紧张起来，赶紧拉着眼前满脸通红的护士，速速问清楚来龙去脉。

听了护士一番解释，我的心里涌起两股复杂的情绪。

一是气，这边大家忙成一团，加班加点儿地为他的手术做准备，他怎么一声不吭，不跟任何人知会一声，就跑了个无影无踪？

二是忧，王磊身体情况这么差，随时可能发生心力衰竭、脑梗死，现在不通知我们就乱跑，出了事怎么办？

我心中有一团似怒似忧的烈火在熊熊燃烧。

"好，我知道了。你稍等一下，我马上给王磊打电话。"简单安抚护士后，我拨通了王磊的号码。

在短暂的停滞后，电话通了，电话那头传来王磊显然中气不足的声音："老杨，怎么了？"

我想好好训斥一下这个不配合的患者，语气中不免有了几分焦躁，不再亲切地叫他老王，而是直呼其名道："王磊，护士说找不到你人了，你在哪儿？身体不好，就好好待在医院啊！"

电话那头沉默了，几秒后，我再度听到了王磊有些沙哑、低沉的声音。

"兄弟，我这个年纪，马上要做手术了，得把事情安排一下啊。"电话那头的人又疲惫，又诚恳，"累昏头了，没跟你说，对不起啊老杨。"

好似一腔怒火打在棉花上，这次沉默的人，反而变成了我。这一瞬间，我忽然觉得我和王磊的距离很近很近；这一瞬间，我心上的愠怒去了一半；这一瞬间，我对王磊的处境感同身受。

是啊，人近中年，年龄不算大，身体正当好，财富、家庭……悉数拥有，但生活并没有那么轻松。恰恰相反，因为有了爱，所以有了责任，这些责任又成为一份份重担，压在每一个中年人的肩上——老人、孩子、爱人、车子、房子、票子……王磊正在扛起的责任，身为同龄人的我，再清楚不过。

因为同理心，王磊的压力切切实实地传递到了我的肩膀上。此刻，所有的愤怒都烟消云散，所有的担忧都不翼而飞，我心里只有一个信念——我一定要救王磊！

4

术前准备仍在紧锣密鼓地筹备着，王磊终于老老实实地待在病房里，不再乱跑。

过了一周，我正在做一台手术，突然接到病房的紧急电话，说王磊出现了严重的呼吸困难。

我当下反应过来：王磊的人工瓣膜发生了更严重的松动，急性左心衰竭因此而起。于是赶紧嘱咐值班医生把王磊送到监护室，紧急进行气管插管。

"今天一定要进行急诊手术了。"我在心里默默做了决定，脸上的神色更加严肃几分。

在我忙着做手术的同时，王磊这边则是另一番情形。

一群亲友拥簇在这个中年男人身边，脸上写满了担心。他躺在病床上，身上插着各种仪器，已是极尽无力，目光却仍在四处漫游。机敏的护士发觉了王磊游弋的眼神，关切地走到他床前，问他在找什么。

王磊嘴唇翕动，声音却微不可闻。护士只好又凑近了些，这才勉强听清楚王磊的话。

"杨成……医生……在哪儿？"王磊断断续续地小声说着，气若游丝。

护士恍然大悟，忙安慰王磊："杨医生在做手术，我给他打过电话了。他知道你的情况，放心吧。"

闻此，王磊的眼神终于不再游弋，他的眉眼微微地弯起一丝弧度，似是对护士的回应。

"好好休息吧，晚点儿杨医生过来帮你做手术，别担心了。"护士朝着王磊点点头，给他打气。

5

做完前面的手术，我匆忙跑到监护室。此时，王磊已经镇静、插管。原本意气风发的"中流砥柱"正虚弱地躺在病床上，面色惨白，再看超声心动图，人工瓣膜已经撕脱大半，瓣周发生极重度反流。

我暗自在心里为王磊捏了一把汗，但我知道现在不是想

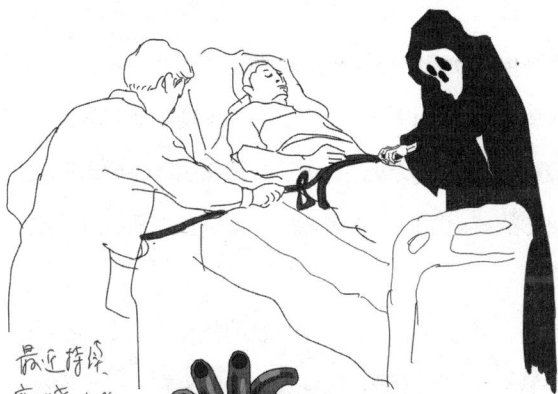

最近持续
高烧 40℃

人造瓣膜感染无效
是极危险的,一旦发
生,就很难治愈…终止
了一段人生,一头扎进坟
孤善身,去死神手里,
砂城绝吧!还留和
死神较劲!

这些的时候。枪与盾才是战士的武器，想要解决危难之中的朋友，身为医生的我只能靠自己精湛的医术。

急诊手术在当晚就进行了。王磊的实际情况着实骇人：他原本的瓣膜已经严重损毁，长满了细菌赘生物，瓣周形成了几乎一整圈的瓣周脓肿，不仅如此，瓣周基本从心脏上脱落下来。

无影灯下，经过数小时的操作，我的额头渗出了细细的汗珠，这些晶莹的液滴却隐隐闪烁着生命的光辉——手术顺利，新的瓣膜置换好，王磊的心功能得到很大改善。

第二天，王磊完全清醒过来，拔出气管插管，抬头四望，目光第一时间就与在一旁的我对上了，他朝我微笑，语气中满怀喜悦："老杨，你在，太好了！"

我点点头，对王磊报之一笑："嗯，兄弟，这次我在。"

先前的情况，我已听护士说过。这次特地过来守在王磊身边，正是为了给他底气：我是一名医生，也是王磊的朋友，两人年龄相仿，我完完全全懂得王磊。

我想用实实在在的陪伴，告诉王磊：人到中年，身患险病，诸多不易，但是别怕，我们都在你身边。

6

　　又经过1个月的加强抗生素治疗，王磊顺利出院了，他目光炯炯，身上再次焕发出身为一名成功男士的龙虎之气。

　　分别前，他特意找到我表达谢意，亦顺便聊几句，叙叙旧，当然，也聊了这次的病情。

　　"老王，在你发热之前有过出血、受伤的经历吗？比如拔牙啊，或者被什么刺了。"我问。了解致病原因无疑有利于未来规避差错，避免重蹈覆辙。

　　王磊思索片刻："修脚算吗？"

　　王磊的解释让我心中有了肯定的答案。原来前段时间，王磊在修脚过程中出了一些血。伤口很小，技师给他包了创可贴后他就没当回事，没想到过了几天就发热了——这正是他此次发病的原因。

换瓣以后，人工瓣膜是没有抗感染能力的，如果曾经做过微创主动脉瓣置换术的王磊的血液里出现了细菌，那么细菌就很容易定植在人工瓣膜上，造成人工瓣膜心内膜炎。脚部本身就是身体中比较潮湿的部位，极容易滋生细菌，再加上王磊这次修脚出血，细菌便进入血液并定植在心脏瓣膜。

"老王，记住了。你受不得伤，别说是修脚了，如果今后涉及拔牙，都要在拔牙之前服用或者静脉滴注抗生素。"我细细地叮嘱。

王磊笑着抬头看看天，笑容中带着劫后余生的庆幸，又带着丝丝缕缕的坚毅："是啊，人到了这个岁数，可是家里的顶梁柱，出不得差错。这次真的谢谢你，老杨。"

"不客气，就是以后别再乱跑了，先跟护士或者医生说清楚，这次真是让人又惊又怕。"我拍拍王磊的肩。

两个中年男人，并肩而立，抬头望天。此情此景，我的脑海中忽然闪现过一句诗"气随时物好，响彻霁天空"。

一望无际的蓝，清澈得像一面镜子，和那天我刚接到王磊电话的时候别无二致。接到电话后，我无心看风景，但终于，一切好转。随着老友身体恢复健康，我又有好心情来欣赏此番美景了。

所谓"命由己造，相由心生，境随心转，有容乃大。"大概描述的正是这样一种情形吧。

山在水在，云在风在，假若你我也健健康康地存在，那真是人间的最好时节。

一场关乎生命的推诿与担当

来医院工作已经20年了，二十次春夏秋冬轮回，二十年日月更替，"一切为了病人"六个字一直萦绕心头不曾改变，却常看常新，也常使我感怀不已：患者肯把心脏交给医生，是多么大的信任，这份珍贵的信任我岂敢有一丝一毫的怠慢？

1

天边明月高悬，远处万家灯火。

已是晚上8点了，此时我刚做完一台手术，数小时的高度专注使我神色中带有一丝疲惫。但我还没有下班回家的打算，而是拍拍身上的白大衣，提起精神，朝心内科病房走去。

其实半个小时前，我已经在收拾东西了。本打算直接回家休息，心内科的戴教授却突然拨来一个电话，说是有一个名叫邱启华的老年男性患者左主干重度狭窄，需要尽快手术。刚刚做的影像学检查结果显示，患者的左主干狭窄90%，分叉到前降支和回旋支的开口处也有90%的高度狭窄，这是外科搭桥术的适应证。

时间不等人，于是我临时改变了主意，决定马上去心内科病房看看患者。

安静的走廊里回荡着我清脆的脚步声，莫名含有一股使人安心的力量。

来到心内科病房门口，我看到病床上坐着一个眉慈目善的老先生：满头花白的银发昭示着他已经年近古稀，那张被岁月雕刻过的面庞遍布着深深浅浅的沟壑，而疾病的痛楚更是加深了他的憔悴与苍老。

但在老先生的脸上，却有一双与他沧桑面容有些不太搭的明眸，即使老先生正承受着疾病的折磨，那双眼睛却依旧清亮、柔和。想必这位老先生年轻的时候一定是一个极温柔、极讲道理的人。

"您是邱启华吗？我是心外科杨医生。"我朝这位老先生友善地微笑。

老先生忙不迭地站起来，有点儿紧张地说："是、是，医生，我是邱启华。"他的嘴唇动了动，似乎想说点儿什么，呆愣了片刻，继续道，"医生，我有血液病，做过治疗……"

邱老说话断断续续，条理亦不甚清晰。我知道，他显然是被要做外科手术的消息给搞懵了。于是我点点头，示意邱老自己已经知道情况，然后打开手机，核对了一遍邱老的血常规检查结果。

还不错，像红细胞、白细胞、血小板等这些重要指标都在正常范围内，我心里掠过一丝欣喜。

"别担心，邱老，我看你的主要指标都是好的，就到心外科做进一步检查吧。"

但这句安慰不起作用，因为邱老看不懂这些专业的数据，更不懂得专业的医学知识。因此哪怕是问医生，都不知道应该问些什么。尽管如此，他依然想知道自己的身体到底怎么了。

看出来老先生还是很紧张，于是我再度对邱老解释道："别紧张，搭桥术是心外科最常做的手术，出问题的概率小于百分之一，而且远期疗效很好，大可不必担忧。"

兴许是从我的话语中得到了宽慰，邱老的表情放松了一些，连脸上的皱纹也舒展开几分。见此，我再补充道："你也可以再考虑一下，和家里人商量一下，明天我再联系你。"

"好，谢谢医生的耐心解释。"邱老缩着的肩膀渐渐打开，看得出，他已经安心。

讨论着病情，两人边说边走，不知不觉间就到了病房的门口。邱老不能出病房，于是便在门口同我道别。

我们的谈话氛围和睦、真诚，俨然相识已久的老友。

2

第二天，我联系了邱老，是他爱人张敏接的电话。虽然看不见外貌，听声音却可以想象那是一位多么温柔、贤惠的女性，应当与邱老很是般配。

"你们有什么想法？"我道。

"我们一切都听医生的！"电话那头传来一声无比爽气的回答，谁能想到，这竟然是一位外柔内刚的铿锵玫瑰。

于是，邱老顺利转到心外科进行术前检查。检查结果却有些出乎我的意料，邱老的凝血相关检查出现了明显异常。原因在于邱老血液中出现异常增多的IgM（即巨球蛋白血症），由于单克隆IgM与多种凝血因子形成复合体或覆盖在血小板表面，影响了凝血因子和血小板的功能。

也就是说，在手术过程中，邱老可能出现无法控制的大出血。

怎么办，手术还做吗？得先和患者商量。

我当即朝邱老的病房走去，到门口，步伐才渐渐缓下来。透过门缝，我隐隐约约看到了邱老正靠在床头，而他的爱人张敏挪了个小椅子靠在床边，默默无言地陪着自己的丈夫，一副恩爱模样。

推开门，一瞬间，病房里所有的目光都集中到我身上。

见是我过来，张敏赶紧站起来迎接，邱老也在床上整理整理姿态，端坐着看向我。

面对两位老人，我尽量选择了通俗易懂的语句，把病情以不那么严重的方式讲给他们听。尽管如此，两位老人还是被吓得面如土色，邱老的手紧紧揪住了被子一角，而张敏更是颤巍巍地走向我。

"杨医生……你帮帮我们，求你一定要治好我爱人。"张敏眼神里有着祈求之意，"我们家里还有个重度残疾的儿子。平时事情都是我们老两口儿做，如果这次老邱再不行……"

话未说尽，张敏的眼角已经有了几滴湿润。她别过身去擦擦眼角，又转过身来看着我，膝盖微微弯曲好似想要下跪。

见状，我赶紧上前一步，扶住张敏："别急，我们尽量想办法。"

嘴上说着安慰的话，其实我的心里也好似被一把生锈的刀缓慢割开无数条血口子，再撒了几把盐，火辣辣地疼痛，痛中又带着持久的钝感。

见过那么多的不幸，遍览人间疾苦，虽然每一次我总是笑着安慰患者，其实自己心里一样是痛如刀绞。

我看着这对恩爱、坚强的老夫妇，为他们的不幸扼腕叹息，也被他们在逆境中展现的坚强折服，更是坚定了要全心全意帮助他们的决心。

3

我又找到血液内科同事，沟通后，血液内科专家组认为邱老这种情况等同于血小板和凝血因子的消耗，没有拮抗的方法，外科手术风险极大。

事情陷入了两难境地。

一方面，邱老是左主干病变，做搭桥手术无疑是最好的选择。但是由于在搭桥手术过程中，邱老可能出现无法控制的大出血，手术风险很大。

那么，是不是可以考虑内科支架治疗呢？尽管这种做法的风险也比较大，但是肯定比冒着大出血的风险做外科手术安全。

此刻，我心里犹如架起一杆秤，左右两个选择都存在一定程度的风险，但我却必须做出对邱老生命负责的最好选择！思索再三，我决定两害相较取其轻，于是再次联系了心内科的戴教授。

然而戴教授并不同意，他一个劲儿地摇头："邱启华的情况放支架风险太大了，我不同意。"

我并不放弃："戴教授，你听我说……"

终于，在我把情况详尽地与戴教授说明后，戴教授不再反对，然而也并非同意，他只是抿着唇，眼帘下垂，若有所思地沉默着，而我就在一旁看着他，也不说话。

"好吧，杨医生，你让我考虑一下，明天给你答复。"

果然，第二天我就接到戴教授打来的电话。

●一名称职的医生首先要满有悲天悯人的情怀，因为只有做到这一点医者不能时时刻刻和心系病人身体的病变、心灵的创伤以及困惑、迷茫，从而持之以恒，捍卫病人健康和生命的勇气和力量。

一切为了病人这不是做医生最高准则

电话那头，传来戴教授肯定的答复："我把这个情况汇报给了心内科主任——葛均波院士了，葛院士的意见是可以试一下支架方案。"

这个结果在我的预料之中。尽管如此，听到戴教授的消息，还是感到欣喜不已。没有什么比患者的健康更让身为医生的我开心的了，我忍不住在心里默默地说："邱老，放心吧，你很快就可以好转了！"

4

交接之后，邱老被接到心导管手术室，而我也不再耽搁，去帮另一位患者做心外科手术了。

因此，我只能在后来从戴教授的口中得知手术详情：虽然惊险异常，但在葛院士的指导下，手术很成功。

再见到老邱时，已经是下午。

此时，邱老已经不复先前病恹恹的样子，而是满面红光地躺在病床上，而他的爱人也笑着坐在病床边，两人有说有笑。

见我来，邱老露出了发自内心的笑容："杨医生，我的支架放好了，很顺利！谢谢你，谢谢帮助我的医生！"他的喜悦自然而然地传递给了我，我忍不住挑了挑眉毛，嘴角上扬，欢愉道："恭喜你！再好好休养一阵子就没问题了！"

但还有一句话，我没有说出口，只是在心底为邱老由衷庆贺：又是一个即将遭到重击乃至倾颓的家庭得救了，太好了！

邱老的病房外，是一号楼。

当我走出邱老的病房时，正好看到铭刻在一号楼楼壁上的几个金属大字——一切为了病人，这是医院的院训。阳光照在这几个笔力遒劲的大字上，反射出熠熠光辉，明亮而温暖。

我忍不住在内心咀嚼了几遍这句话。来医院工作已经20年了，二十次春夏秋冬轮回，二十年日月更替，这六个字一直萦绕心头不曾改变，却常看常新，也常使我感怀不已：患者肯把心脏交给医生，是多么大的信任，这份珍贵的信任我岂敢有一丝一毫的怠慢？尽全力给患者找到最合适的解决办法，就是对患者最好的回馈。

因此，在面对邱老时，我坚持反复和心内科同道沟通，最终让心内科同道同意为邱老进行支架手术。

心内科与心外科互相"踢皮球"，让患者转来转去，是不是医生在推诿患者？

这个问题，已经有了显而易见的答案。

不论是心内科还是心外科，不论是支架还是搭桥，不论是药物还是手术，怎么做对患者好，医生就该怎么做。因为对于医生而言，患者不仅是一个个普通的病例，更是一个个鲜活的生命，是另一个人的好父亲、好母亲、好子女、好朋友，是一个家庭的支柱……作为医生，怎么敢不珍惜患者的信任？怎么敢不珍惜一个家庭的重托？

我不敢想象，假如这次邱老手术失败，张敏和他们那个重度残疾的儿子未来会怎样。幸好，在医生的妙手回春下，这样的人间不幸没有发生。

善待患者，这是医德，敬畏生命，这是人性。一名称职的医生首先应有悲天悯人的情怀。因为只有回到这一点，医者才能时时刻刻心系患者身体的痛楚、心灵的创伤以及困窘的处境，从而持久拥有捍卫患者健康与生命的勇气和力量。

　　一切为了病人，这才是做医生的最高境界。

后悔的瞬间

抢救不过短短几分钟，我却生出一种沧桑的错觉。一盆名为"恐惧"的冷水从我头顶浇下，淋得我背脊发凉，忍不住狼狈地打了个寒战。经验告诉我，余扬现在凶多吉少，死神的镰刀已经高高举起，它狞笑着，随时可能将镰刀落下。

1

突然间，我感觉手中猩红色的心脏不再正常跳动了。

手中只有黏黏糊糊的触感，但那颗血管密布的"生命之源"却不再规律地起伏。

这使我的心中升起一团阴云。但由于正在吻合，我无法抬头看监护仪，于是转问麻醉师："有早搏吗？"

"有。"麻醉师的声音像一根颤动的琴弦，透露着紧张，"早搏很多，血压也不高。"

听到她的回答，我赶紧停下吻合，抬起头盯住监护仪：余扬的血压现在只有40~50mmHg，早搏频发——情况不容乐观。

顾不上出血，我赶紧放下心脏，对着麻醉师大声吼出指令，连自己的耳膜也被震得一阵发嗡。

"快用药！快！"

"已经用了！"一旁的麻醉师也十万火急地回应。

在手术室，时间从来不是以分、秒计算。因为每个毫秒之间的差距都大得可怕，每个微秒之间都可能存在一百种生与死的可能！我们两人语速飞快，如子弹连射，噼里啪啦从嗓子眼儿里蹦出八个火星溅射的字眼儿，只为争分夺秒地和时间抢人。

尽管如此，心室颤动还是发生了。

就在我与麻醉师说话的短短瞬间，余扬的心脏开始了危险的颤动。与此同时，他原来充盈的桥血管也失去了张力，血压骤降到20~30mmHg，再加上他三支主要冠状动脉都存在严重狭窄。余扬的心脏、脑等重要脏器正在经历最可怕的热缺血时间[1]，命悬一线，危如累卵。

"快！电复律！"我不觉中再次提高了声调，带着一丝我自己都未曾察觉的惊慌。

手术室里所有人都闻声而动，迅速跑起来。麻醉师忙着抽药，我则双手按着余扬的心脏，做胸内心脏按压，保持他最基本的血压。

但心脏按压效果并不好，监护仪显示余扬的血压仍旧很低。由于余扬心脏缺血严重，电复律的效果也不理想，除颤好几次，心室颤动仍未停止。

一切都在飞速地进行着，但情况并未有太多好转。

抢救不过短短几分钟，我却生出一种沧桑的错觉。一盆名为"恐惧"的冷水从我头顶浇下，淋得我背脊发凉，忍不住狼狈地打了个寒战。经验告诉我，余扬现在凶多吉少，死神的镰刀已经高高举起，它狞笑着，随时可能将镰刀落下。

我开始后悔当初的决定，如果我当时不负责一点儿，如果我当时少为患者考虑一点儿，如果不重做搭桥手术，余扬现在早已经回到监护室了。就算有问题，也是很多年以后才会发生，何至于现在面对这样生死一线的情况？

然而，悔之晚矣。一瞬间，回家的路也变得那么遥远，那么模糊了……

我脑子里胡乱想着该想的、不该想的。有人说，当危险来临的时候，大脑会在短短一瞬间，将人生过往如走马灯般重映一遍。我向来对此嗤之以鼻，但此时此刻，我的思绪却真的回到了半个月前——那是我第一次见到余扬。

2

一个面善的中年男人在床上斜躺着，笑呵呵的，微胖的体型使他的笑容看起来更显憨厚、温和。

"杨医生，你来啦！"余扬欢喜地朝我打招呼，热情洋溢。

我亦朝他点点头："你好，余扬！"

脑海中的信息逐一浮现、串联，与这张淳朴的脸对应上：余扬，男，1971年出生，和我同岁。家境不算富裕，上要

胃口大开
总是好现象!

我瘫软在沙发上休息,
片刻,心却开始终放心,
不下,便掏出手机打给
监护室确认杂物的情况

赡养老人,下要教育孩子,工作辛苦,生存压力大,有长期大量吸烟的习惯——余扬的家属曾经来咨询我好几次,因此尽管在这之前我们两人从未谋面,我却对他已有几分了解。

"48岁,属猪的?"初次见面,为了调和气氛,我明知故问。

余扬又憨笑着点点头,眼睛眯成一条缝,像一道弯月。

"金猪好啊,有福气。"看着他的笑容,我打趣道,"所以这次手术你别太担心,我看了你的报告,问题不大。"

我安慰着他,尽量减轻他的压力。可在我自己心中,却有一股挥散不去的沉重压力。

其一,检查结果显示,他的身体情况并不是很好,冠心病、亚急性心肌梗死,冠状动脉严重弥漫性病变,前降支、回旋支高度狭窄,右侧冠状动脉闭塞,而且未见侧支显影。严重的三支病变,心内科无法做支架,只好给他做搭桥手术。

其二,作为一名同龄人,我非常理解压在余扬身上的担子有多重。一个平凡的中年男人，辛苦打拼，和老婆携手承担起整个家庭的重量，身兼数任，压力如山，不容易啊……

但面对患者，我得收起担忧。因为作为一名医生，我唯一能帮他做的就是治好他的病，不让重病再给这个普通的家庭覆上一层阴霾。

思索着，耳畔传来余扬笑吟吟的话语："好嘞，谢谢你啊，杨医生，我信你！"

很惶恐，也很珍惜，有这样一个配合的患者是医生的福气，但正因如此，我愈发知道自己肩负的，是何等绝不敢辜负的重托。

我告诉余扬，手术定在下周一，9月9日，当天的第二台。

3

手术如期开台。

起初非常顺利，余扬的胸廓内动脉较细，血流好，前降支切开处有病变，1.5毫米的分流栓可以塞进去，吻合后血流20mL/min多，阻力低，吻合效果不错。

这让我的心里稍微舒了口气，前降支是心脏最主要的一根血管，做好这部分就已经解决了不少麻烦。但接下来的手术并不容易，因为余扬冠状动脉病变严重，管腔细小，前壁菲薄，后壁严重钙化，实际操作起来难度很高。

于是我深吸一口气，和同事们一起继续"攻坚"，又是一番淋漓酣战。

总算搞定，但我自己对这个结果并不是很满意：余扬前降支流量不错，血压稳定，然而吻合后其他血管流量不算太好。

回想过程，我很确定吻合没有问题，原因应该是余扬冠状动脉细小。但无论如何，这个结果我不是很满意，总觉得有点儿遗憾——尽管通常来说，手术做到这个程度已经可以结束了，可我迟迟无法下定决心：余扬只有48岁，将来的路还很长，估计很难有再次做搭桥手术的机会，难道真的就到此止步吗？

麻醉师问询："杨医生，是不是要给鱼精蛋白中和肝素？"

我知道这是麻醉师在问我要不要结束手术。但我的心告诉我，我还不愿就这样结束，于是我回答："再等等，我想想。"

脑海中正在经历着一场激烈的头脑风暴，我仔细回想吻合过程，确实没问题，要结束这台手术吗？

犹豫着，耳边忽地飘来一阵若有若无的声音，那是余扬在说："好嘞，谢谢你啊，杨医生，我信你！"

瞬间，我心中有了决定：余扬既是我的患者，也是我的同龄人，我不能辜负他对我的信任，这一次手术要尽量给他最好的结果。

"重做吧，这么年轻。"我定声道。

于是重新固定心脏，拆掉吻合口重新吻合，接下来，我们又将面临一场凶悍的战役。

但我万万没想到的是，这个出于善意和责任的决定竟会如一颗深海炸弹，引发海啸般强烈、可怖的危机——是的，就是我在一开始讲述的那段故事，那段与死神抢人的故事。

4

9月9日，那个笑起来憨厚、老实的余扬，那个和我年龄相仿的余扬，正濒临死亡，命悬一线。这一切都是因为我善意的决定而起。

一时间，我的身体被"恐惧"占据、支配，情绪开始实体化为一颗颗冷汗，从我脸上滚落，浸透了我的手术服衣领，湿哒哒地黏在我的脖颈处，还有几颗豆大的冷汗顺势滴落到地上……

"啪嗒——"汗滴虽小，神奇的是我竟然在恍惚间听到了这振聋发聩的声音。

瞬间清醒过来，我竭尽全力地大喊："快叫体外循环组！"

体外循环组的医生以最快速度安装了体外循环机，而我则一只手替余扬按压心脏，一只手给他缝合主动脉荷包。

由于循环障碍，余扬的心脏很胀，鼓鼓的。给他右心房插上管，就像拧开一瓶被疯狂摇晃过的碳酸饮料，黑褐色的液体瞬间喷涌而出，如火山爆发之势。好在经过一番努力，管子终于插好了——体外循环开始！

体外循环为余扬提供了动脉循环的动力和人工肺的氧合，终于，他的心脏放松了，血色也变红了，不用除颤，心脏就已经自动恢复到了正常有节律的跳动状态，手术室里剑拔弩张的紧张气氛亦因此消散了几分。

由于先前那番与死神的奋力搏斗，我的声音已经变得喑哑低沉，像一只疲倦的野兽，汗水浸透全身，模糊了双眼，我有些看不清眼前。

"帮我擦擦汗。"我埋着头拜托护士，允许自己休息片刻，为接下来的苦战做准备。

休息片刻，我的体力恢复不少，是时候重新开始了。默默为自己打着气，清理了一下手术台，擦干撑开器上面的血迹，我又将为了余扬的生命奋力前行。

现在有了新的机会，但如果搭桥不确切，余扬的心脏就不能恢复血供，也就不能脱离体外循环的帮助而独立工作，他就下不了手术台。

好在由于体外循环的辅助，我可以更容易地搬动心脏。在靠近左心房室沟处，我看到大概1厘米长的血管，远端直接进入心肌，应该是回旋支，于是再搭桥回旋支。

效果立竿见影，余扬的桥血管血流开始明显改善，逐渐恢复到2.0mL/min多。尽管如此，血压还达不到停机标准。于是我放置了球囊反搏，终于帮他脱离了体外循环，余扬的心脏重新恢复了独立、自主的跳动。

又解决了一个麻烦，我的压力小了不少，但心里依旧惴惴不安：由于早先的心室颤动，余扬的脑子也经历了热缺血，我不知道他明天能不能醒过来……

再担忧也于事无补，我只能在心中给自己默默打气："杨成，先把眼前的事情处理好！专注！"

5

术后，余扬被送到了监护室，我终于能够拖着疲惫的步伐，回到家中。

已是深夜了，我瘫软在沙发上休息了片刻，心中却始终放心不下，便掏出手机打给监护室确认余扬的情况。还好，包括血压、引流、瞳孔等各种表现都还算稳定，但我仍然无法放心。

"余扬，你一定要没事啊……"我无意识地低语道。

思虑着，思虑着，当夜无眠，困倦不堪，但我依然在第二天早上六点半不到就赶到余扬的病床旁。

监护护士说，余扬大夜班尿量和引流量都正常。此刻，余扬生命体征稳定，升压药用得也不多，看样子活下来应该没问题。但我想要的，绝不仅是余扬活下来。

沉默着站在床头，我凝视着沉睡的余扬，清晨暖黄色的阳光柔和地抚过他的脸，像电影里的定格画面一样美好，带给我几分安定。

深吸一口气，我喊了一声他的名字："老余！"

嘿，他的眼睛睁开了！

就在这瞬间，我感觉到有一股酥酥麻麻感自脚尖而起，以迅雷不及掩耳之势蔓延到我的全身。突然间，我就懂得了《睡美人》里王子看到公主醒来时候的喜悦。这份重生的欣喜与爱情无关，只是出于医者对患者的关切！

"动动腿！"我鼓舞着大声对他说，然后凝神屏气地盯着被子——嘿！他的左腿微微地动了一下。

"另外一条！"我继续充满期待地喊——如我所愿，他的右腿也微微地动了。

"太好了，没有脑梗死！"

我几乎压抑不住自己的激动，余扬活动双腿这一幕在我眼里，简直堪比世界上最优美的舞蹈。心里的石头终于落了地，没吃早饭的饥饿感随之迅速涌上来。

走，到办公室吃早饭去！

我迈着轻快的步子朝办公室走去，尽管腿还有一些酸，脑袋也没完全缓过劲儿来，但现在我的心中充满了喜悦，就连稀松平常的早饭也变得格外可口，吃来分外香甜。

又过了两天，余扬回到普通病房了。

"感觉怎么样？"查房时我问他。

"挺好！"他颇有活力地回答，脸上依然是有点儿憨厚的笑容。

"饮食呢，吃得好不好？"我继续关心。

"好得很，总是饿！"他爽朗一笑，摸摸肚子。

我靠近一步，抓住了他的手，脉搏有力："不错！恢复得挺好！"

余扬老实地笑着："还是杨医生厉害，这次要多谢你！"

看样子他并不知道自己曾经在鬼门关走了一圈，我想。不过也挺好，照这样下去，再过几天他就可以健健康康地回家了，他的家人一定正在满怀期待和关切地等待着他吧。

又一个顶梁柱被解救了，又一个家庭可以继续完整而幸福地生活下去了——真好！

我的内心充满了骄傲和成就感，回到办公室坐下来。今天，还有一台手术要做，我得开始盘算下一台手术的细节了。

注释

1. 热缺血时间：指器官从供体供血停止到冷灌注（冷保存）开始的一段时间。这期间对器官的损害最为严重，因为热缺血时（器官离体后），虽然血流中断，但是器官仍继续进行代谢，此时，因氧和各种代谢底物供应缺乏而器官的代谢水平仍较高，所以缺血损害出现较快、程度较重，又因氧消耗完毕后仍可进行无氧代谢，但代谢产物无法清除，故可引起酸中毒，代谢必需的养料和酶系统亦有消耗。

一对亲父子，
两段医患情

作为医生，我不过是用我掌握的技术，做了我应该做的事情，但是对于另一个人、另一个家庭来说，却有着非凡的意义。这意味着，一个家庭的完整和幸福，再一次得到延续，而我在其中功不可没——或许，这就是我如此热爱我的职业的原因吧，守护每一个渺小而伟大生命，收获每一份真诚且深沉的感谢。

1

已经很久不曾见过老陶和小陶了。

这是好事，证明他们自从3年前的手术后，身体还算健康。不过偶尔，我的脑海中还是会忽然闪过这对父子的身影。他们给我留下了很深的印象，也是因为他们，我再一次地感受到医生这份职业所背负的责任。

那是8年前11月的某个周四下午，尽管才5点，但初冬的天色总是暗得要早一些。房间外，城市里的星光已经渐次亮起，与玫瑰色的天空相映生辉；房间里，我端着一杯热水，翻阅着我的书卷，不觉中看得有些入迷。

忽然，书页覆盖上了一层阴影，眼神的余光里闯进了一片卡其色的衣摆。我猛然从书中世界惊醒，抬起头，看到一个衣着整洁的老先生站在我面前，尽管他头发已经有些花白，但硬挺的风衣衬得他精神矍铄，不失风采。

"你好！"我朝他笑着点点头，把书卷放到一边，瞬间就进入了工作状态。

"杨医生……我……你看看……结果……"

老先生开口，然而他语言的逻辑性并不连贯，即使语速极慢，我理解起来依然有些吃力。只能赶紧接过他递来的一大沓检查报告，一边听他说，一边仔细阅读他的各类检查资料，如此综合比对，才终于弄清了情况。

2

原来老先生叫陶昌胜，是个严重的动脉粥样硬化患者，因脑血管狭窄引发了大面积脑梗死，在另一家医院做了脑血管搭桥手术。恢复尚可，但是留下了一些后遗症，语言表达能力受损，这是他表达不利索的原因。

最近他又出现了频繁的胸痛，到外院做了冠状动脉造影，发现三支严重病变，不能放支架，只有做冠状动脉搭桥手术，因此老陶找上了我。

兴许是看我闷声看材料，而他自己又讲不清楚，老陶有些着急，甚至开始比划起来。我赶紧安抚他："老陶，你先别着急，慢慢来，情况我知道了。你这个毛病是需要做手术的，家里面商量好了吗？你想做吗？"

"做、做、做，我们……要做的！"见我弄清了情况，老陶频频点头，满怀希望地笑了。

既然确定要做手术，就先安排老陶住院为手术做准备。

来医院看护的，是他的儿子陶鹏，父子俩长得极其相似，几乎是一个模子里刻出来的，也因此在我看到陶鹏的第一眼，就意识到了两人的亲父子关系。

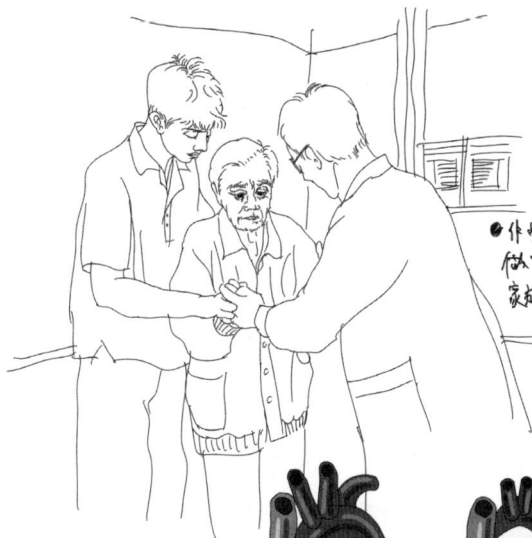

作为医生我们运用新的技术做的每件点滴小的事情，对于每个家庭都有着非凡的重要意义。

杨医生谢谢你，谢谢你救了我们一家！

"这位是小陶？"我笑着朝陶昌盛打招呼，看向坐在老陶病床旁的中年男人。

"对、对，杨医生，这是我儿子陶鹏。"老陶说话依然不利索，但见是我来，赶紧拍了拍小陶，向我介绍。

"杨医生好！麻烦你照顾我爸爸了！"小陶向我问好，透过他红润的面色，看得出来这是一个强壮的中年男人。但他的声音里却又充满担忧，想必是担心父亲的病情。

我暗想这是个有孝心的好儿子，也十分理解陶氏父子的心情：生病是一件极其折磨人的事情，一是身体上的病痛，二是经济上的负担，三则是精神上的焦虑、担忧。因为不了解自己的病情可能带来的后果，患者们只能把希望寄托在医生身上。所以作为一名医生，我要医治的不仅是患者身体上的痛楚，还要替他们分担、减轻心理上的痛楚。

想到这些，我的语气不知不觉中也更加柔和起来，向前一步靠近父子两人，我又把情况详细地说明了一遍。

"不要担心，等三天后老陶做完手术，恢复几天就没什么问题了。"

果然，父子俩在听完我的解释后，明显放松了很多，忙对我道谢。我摇摇头、摆摆手，离开病房，为三天后的手术做准备。

手术的难点在于卒中是搭桥手术的常见并发症之一，而老陶作为一名有卒中病史的患者，再次发生卒中的风险会更大，所以我采取了不停跳的微创冠状动脉搭桥手术，在手术中尽量保持血压平稳，避免再次卒中。因此，老陶的整个手术过程非常顺利、平稳，术后恢复也十分顺利。

出院那天，老陶紧紧地拉着我的手，尽管说话依然不甚明晰、流利，但我能够透过他眼里隐隐闪烁的泪花读到满满的感谢。他的儿子小陶也陪伴在旁，向我微微鞠躬感谢。

3

时日如飞，转眼间2个多月过去了，我办公室里的台历本也从11月更替到了新一年的2月，虽然天气已经冷得呵气成雾，但春节在即，街头已经飘起了淡淡的年味。

又是周四下午的门诊，我在办公室里忙碌着，没想到竟然看到许久不见的老陶，他裹着厚厚的冬装走进了我的诊室，不过还好，看起来他的身体还算健康。

"老陶，怎么样？恢复得不错吧？"

"杨医生……你好！"老陶的话语，依旧如过去那般慢腾腾，老陶的脸上，也依旧挂着淳朴如昔的笑容，"我，还不错……现在稍微活动一下，也不会心绞痛了。"

那是好事啊！我想向他道喜，可是话还没说出口，我在他的脸上就捕捉到了一缕愁容。

"怎么了？"我赶紧问老陶。

"唉……"他叹了口气，沉默片刻才慢慢开口道，"我是好了，可是我儿子最近身体很不好，高热到40℃，在外院怀疑是血液病呢……"

"哦，那他来了吗？我看看。"

"来了，来了……"老陶对门口叫了一声，于是一个面色苍白、神情憔悴的中年男人缓缓地走了进来，在我面前站定。

这是小陶？我愣了一下，几乎认不出来。

2个月前，陶鹏的双眼炯炯有神，即使那双眼里因为担心父亲的病情而有些疲惫，但依然充满活力，而今他的眼皮却耷拉着，眼里宛若一潭死水，了无生机。

"杨……"他艰难地开口，声音嘶哑低沉，但刚说了一个字就晃了晃身体，几乎站不住。

我赶紧起身扶着他："快坐下来，休息一下。"

小陶病恹恹地坐在老陶身旁，这次是父亲帮扶着儿子了。

我仔细核对他们带来的一大堆材料，不规律地用了很多抗生素，血象很高，骨髓穿刺也做过了，就是增生活跃，也定不上血液病。

"咦？"

一页页地翻看着，我突然看到了一张令我心中警铃大作的血培养报告单：检查结果显示小陶的血里培养出了细菌，也就是菌血症[1]，往往常见于感染性心内膜炎。

我立刻拿出听诊器听了一下小陶的心脏，果然，心尖区有很响的收缩期杂音，一声声地炸裂着我的耳膜，好像在告诉我：陶鹏的二尖瓣已经严重毁损了。

我当即做了判断，安排小陶做了心脏超声检查。结果验证了我的判断，陶鹏的二尖瓣前叶和后叶都已经严重感染，是极重度的二尖瓣反流伴赘生物！

原因已经找到，小陶生病的根本原因是二尖瓣感染性心内膜炎，引起骨髓增生，白细胞升高，不是血液病！

4

经过积极、严密的术前准备，我给小陶选择了右胸肋间切口，微创二尖瓣置换手术，因为小陶的二尖瓣毁损极为严重，已经不能修复了，只有换瓣，而小陶有严重的贫血，血源很紧张，所以选择出血可能性最小的肋间切口。

手术很顺利，出血也很少，做完手术后小陶的情况就开始逐渐好转。

等到术后第6天，小陶已经能够在病房走廊里走来走去了，血常规的各项指标也明显好转，于是又进行了3周的抗生素巩固治疗。

还是周四，老陶又来复查，脸上依然挂着那真诚、朴实的笑容，不过这次小陶没有等在门外，而是和老陶一起走进来，面色也恢复了红润。

"你们爷俩谁先看啊？"我忍不住调侃他们。

父子俩哈哈轻笑着坐下来："麻烦杨医生啦！"

一番复查，父子俩的情况都不错。我乐呵呵地送他们走出诊室，但临到门口，老陶突然停下，反身抓住了我的手。

"怎么了，老陶？"我也停下步伐，握住他的手，关切地问。

"杨……"老陶深吸了一口气，想开口说些什么，但刚张开嘴，眼泪就止不住地从他苍老的眼里流了出来，再顺着他沟壑纵横的面庞滴落掉落，就像在山涧里奔腾的清流。

我拍拍他的肩膀安慰，小陶也赶紧扶住父亲，轻声唤着"爸……"

老陶小声抽泣了一会儿，情绪终于有所缓和，这才完整地说出了话："杨医生，谢谢你，救了我们一家！"

一个字，一个字，就像他过去说过的每一句话那样，无比缓慢，却无比有力，在我心里掀起一场地震。瞬间，一片汪洋般澎湃的成就感像海水决堤一样，激荡在我的心间。

作为医生，我不过是用我掌握的技术，做了我应该做的事情，但是对于另一个人、另一个家庭来说，却有着非凡的意义。这意味着，一个家庭的完整和幸福，再一次得到延续，而我在其中功不可没——或许，这就是我如此热爱我的职业的原因吧，守护每一个渺小而伟大生命，收获每一份真诚且深沉的感谢。

送走他们，我坐在椅子上，"咔哒"一声轻点鼠标呼叫下一个患者。但方才那份成就感，还久久回味在我的心间……

注释

1. 菌血症：正常的血液中是没有细菌的。当人体受到细菌感染后，在抵抗力降低的情况下即可发生局部炎症。如果细菌由局部炎症部位进入血液循环，就称为菌血症。细菌进入血液后在血液中生长繁殖，就称为败血症。

胆怯与坚定

楼下的小空地里，草木因为入冬而有些衰败，但广场中心孙中山先生的雕像却依然巍然屹立。纵然只是一座石雕，那高大而沉稳的轮廓却使我感到一股凝练的正派之气。

1

正值寒冬，一切都萧索了几分。再加上疾病烦扰，进我办公室里的患者无不一副沉闷的模样。因此，当一个热情洪亮的声音突然传到耳边，我一下子感觉到一股火焰般热气腾腾的活力。

"杨医生，我们来复查啰！"

抬起头，一对老夫妻搀扶着走了进来。老先生一只手搀着老太太，一只手向我大幅度地挥动着，脸上眉眼弯弯，笑开了花。

受老先生的感染，我也温和地朝他们一笑。两张面孔我看起来是眼熟的，只是每天要接触那么多患者，我一时间也想不起他们的名字。见我有些迟疑，老先生连忙对我说："杨医生，我们就是那个搭桥以后又做了造影的，还记得我们吗？"

"哦哦！"我恍然大悟，脑海中的记忆如潮水般涌上来，正是因为这对夫妻，我的职业生涯差点儿受到影响，但我并不责怪他们。恰恰相反，我非常感谢他们对我的帮助。

只是这么久过去了，他们过得怎么样了？

心中的关切凝结成一连串殷切的话语，如机枪攒射般从我口中接连而出："老太太现在怎么样了？还有心绞痛吗？活动起来怎么样？"

"好，好，好得很呐！"老太太挺直了腰杆，底气十足地回答我："手术以后再也没有心绞痛了，现在啊，我每天都到小公园里溜达，昨天还去了超市呢！真是太感谢杨医生了，是你给了我第二次生命！"

老先生也在旁边连连点头附和，我忙谦逊地回答道："哪里哪里，是你们信任我，才有今天的好结果！"

此刻，我浑身犹如被一股暖洋洋的欣慰包裹着，看样子老太太恢复得真的很不错，这让我心里宽慰不已。同时，我的脑海中亦闪过一段惊险的回忆——那是1个月以前，我第一次遇到老太太。

2

老太太名叫郑文芳，66岁，因为严重的糖尿病视网膜病变，双目只有光感，基本等于失明，同时有严重的冠心病、三支病变，这是她此刻坐在我办公室的缘由。

不过单从外观上，你定然看不出她是一位眼盲的老太太。因为当她转向你的时候，那双略微混浊的眼睛就如同所有老人一样，既因时光而显得苍老黯淡，又因岁月而闪烁着沉稳的光芒。话虽如此，毕竟眼睛还是不方便，因此她身边永远坐着她的老伴儿——一位穿着铅蓝色大衣，精神矍铄，声若洪钟的老先生。

"杨医生，麻烦你看看我老伴儿的身体怎么样？"他说。

第一次门诊，我详细地向两人介绍了情况：郑老太太的冠心病很严重，只有做搭桥手术才能治愈。因为心内科医生早就做过相关的解释，他们很快就理解并做出了接受手术治疗的决定。

完善入院检查后，手术安排在下周一。

我经手过很多比郑老太太棘手得多的患者，都顺利治愈了，所以对于下周的手术，我没什么压力。

万万没想到的是，真到了那个时候，这场看似平常的不停跳搭桥手术，做起来却并不顺利。

明亮的无影灯下，我取好血管后，便开始搭最重要的胸廓内动脉到前降支的动脉桥。郑老太太胸廓内动脉偏细，但血流情况不错，完全够用。前降支血管病变比较严重，弥漫钙化，我找到一段病变较轻的部位，仔细切开前降支，切口直径在1.5毫米左右，鲜红的血液随之喷出。为了安全起见，我决定在 1.5毫米分流栓下吻合。

很快，整个过程如行云流水般一次性完成，没有出血，未补针，很顺利。但前降支吻合后，多普勒流量仪测试血流

患者把自己的心脏交给我们是不得不能再大的信任。我想技术最好的心外科医生，但是我们做人做个最用心的心外科医生，用自己的全部技术用医院的全部实力使患者最好的效果，还给患者们健康。

却不是很好。

前降支操作肯定没有问题，那问题出在哪儿呢？我不自觉地抿紧了唇，仔细回忆刚才的手术过程，但思虑无果。于是决定先不在这里耽搁时间，还是继续把另外两根桥搭好，过会儿再测试前降支。

调整呼吸，屏气凝神，开始做大隐静脉与主动脉近端吻合，又分别搭回旋支和右冠状动脉，都很顺利，测试血流很好。一番高强度的工作下来，我的额头渗出层层汗水，短暂地歇了一口气，准备折返回来再次测试前降支。

然而和刚才一样，前降支测试血流仍旧不好，且找不到原因，这令我心中渐渐升起无用的烦闷情绪。我不怕手术难度高，踏踏实实一步步做下去就好了。反倒是这种看似简单的手术，最后却出了找不到原因的岔子，这才是最让人烦恼的。

"镇定！"压下这些有的没的的想法，我决定冷静下来，重新再做一遍前降支。这一次，我吸取了上次的经验，为了更加确切地吻合，使用了1.75毫米分流栓，因为分流栓更大，前降支的血管壁显露得就更加清晰。

在更大的分流栓下，视野里的一切都分毫毕现。我仿佛进入了微观世界一般，每一针都看得清清楚楚，仍旧是一次成功，没有补针，然而测试血流还是不够流畅，与上一次区别不大。

"怎么会这样呢？"我焦虑得几乎想呐喊出声，明明操作是没有问题的，但为什么会这样？

百思不得其解，我皱着眉不说话，望着眼前郑老太太的前降支血管陷入思考：这个结果我是不满意的，但是……考虑到已经确切地做了两次，不能再继续下去了。

"结束吧。"我还是决定今天就到此为止，术后再观察一下老太太的身体情况。

助手应声开始做起收尾工作，手术室里所有人都在井然有序地忙碌着，只有不时响起的器械碰撞的冰冷声音。熟悉的声音落在我耳里，却带给我一丝刺耳的感觉，就像有成千上万只小虫子在我身上肆意横行，难以平静而又绝不致命。

我总有一种不好的预感，事情还远未结束。

3

第二天一大早，我急匆匆赶到电脑前，一刻不停地刷新化验单，等待患者的心肌酶指标。鼠标在我反复点击下快速发出"咔哒咔哒"的声响，简直就像是我内心焦虑的具体化。

在上百次点击后，结果终于出来了。我急迫地浏览化验结果，然而结果并不令我满意：尽管郑老太太的心率、血压都稳定保持在正常范围内，人也完全清醒并脱离了呼吸机，鼻塞吸氧就可以了，但是心肌酶明显升高，提示有心肌坏死。

无法平静，然而我没有马上做决断，而是持续观察到下午复查心肌酶。

希望不出意外地落空了，几个小时后，老太太的心肌酶不仅没有丝毫下降，反而继续上升，同时床旁心电图显示V$_3$~V$_5$导联ST段抬高，再一次证实心肌正在坏死。心脏超声还显示，左心室前壁收缩减弱，这也是心肌严重缺血的结果——种种迹象都指向，郑老太太前降支供应的左心室前壁发生了心肌坏死，也就是说前降支搭的桥很可能有问题。

"终究是逃不过这一劫啊……"心里仿佛有个叹息的声音，累积数个小时的不安终于达到顶峰，让电脑前的我不由得打了个哆嗦，即使裹紧了外套，也有种如坠冰窖的刺骨寒冷。此刻，我陷入了一种微妙的境地：手术肯定出问题了，接下来怎么做全然在于我自己的选择。

一方面，现在郑老太太血压平稳，没有特殊不适，按照经验，是可以保守治疗到出院的，只是术后心脏功能会受到一些影响，只要我够"狠心"，完全可以装傻到安全"撤退"。

但是一想到这种可能，我心中立即生出一股对自己的嫌恶，作为医生的职业道德和我作为人的良心让我不能容忍自己就这样得过且过。心底一直有一个声音在义正言辞地说："积极处理吧，杨成，立刻替老太太进行冠状动脉造影，明确桥血管的情况，然后进行针对性治疗，快速恢复缺血部分的血运，挽救心肌，改善心功能。"

但是，真的要这样做吗？

我很清楚，只要造影就会看到搭桥的情况，如果桥真的不通畅，势必会对我的声誉造成严重影响，等于自曝家丑、自毁招牌。唯一受益的只有患者，我却可能因此失去大批患者的信任，而且我在行业内的影响力也可能就此受损。再者，之前已经做过一次手术了，患者家属能接受再次造影吗？

我不确定郑老太太和她老伴儿那边是什么态度，如果他们认为手术失败了，对我有意见，由此迸发矛盾、纠纷，我可能麻烦不小。如果出现这种情况，还不如不动声色地把这件事隐瞒下去。

4

"喂，你不能这样做！"

"保全自己是应该的！"

……

一时间，心里乱作一团，无数个声音在我心里叽叽喳喳地吵着，我不由叹了口气走出办公室，来到走廊上，焦虑地踱来踱去，直到数分钟后，我终于停了下来，倚着栏杆放空自己。

楼下的小空地里，草木因为入冬而有些衰败，但广场中心孙中山先生的雕像却依然巍然屹立。纵然只是一座石雕，那高大而沉稳的轮廓却使我感到一股凝练的正派之气。

突然生出一丝愧疚，多年来，中山医院"一切为了病人"的院训一直被我铭记在心中，也始终秉持这股信念对待患者。但没想到，百密一疏啊，我偶尔竟然也会被自己的胆怯所击退，忘记了铭刻在我医生灵魂里的箴言。

其实我根本不需要纠结：出现问题又如何？对我的影响

只是一时的。但如果我就此放过，对患者的影响却是一生。只要我及时、积极处理，打通前降支，就能挽救郑老太太心脏最重要的左心室功能，改善她的生活质量。

及时止损，为时未晚，这才是我作为医生应该有的态度！

醒悟的瞬间，我一刻也不愿耽搁，着急冲到病房，找到郑老太太的家属，毫无隐瞒地向他们详细地介绍了现在的病情。这一次，我也向他们详细地说明了现在桥血管可能有问题，心肌有坏死，就是发生了围手术期心肌梗死，最好再次进行造影明确情况，有可能需要尽快介入治疗。

在我叙述的过程中，老先生始终没有言语，他只是静静地望着我，听我说完。

短暂的沉默后，老先生平静地回答："杨医生，谢谢你如实告知，让我们考虑一下吧。"

于是我离开病房，在外面等待。

十分钟后，老先生就来找我了："杨医生，我们相信你，该怎么做就怎么做吧，麻烦你了！"

这个瞬间，我突然产生了落泪的冲动。十分钟的等待，说完全平静是不可能的，但最终我等来的不是责备，不是纠纷，而是全然的理解和支持。医生看病，能遇到这样的患者是何等的福气？何况纰漏还有可能是因医生而起，我更不敢有愧于这拳拳热心！

我忍住泪意，郑重地看着他，点点头："谢谢！"

此刻无须更多言语，一切承诺和相信之情，尽在两个男人无声的对视中。

5

紧急安排郑老太太到心导管室进行冠状动脉造影，不出所料，造影结果显示前降支吻合口远端闭塞，证实这个桥血管确实有问题，必须干预。

心内科同事通过前降支置入导丝打通了闭塞处，然后用直径1.5毫米和2.0毫米的球囊分别扩张吻合口。效果立竿见影，就在扩张的瞬间，我立刻看到了来自胸廓内动脉的竞争血流，这意味着胸廓内动脉到前降支的桥血管通畅了。通过左胸廓内动脉造影再次确认吻合口通畅，前降支远端显影充分，郑老太太最重要的左心室又恢复了血供！

手术顺利结束，终于松懈下来的我大口大口地呼吸着新鲜的空气，回到监护室，监护室的医生、护士纷纷夸赞："做出这个决定不容易，佩服你，老杨！"

术后第三天，郑老太太的心肌酶水平明显下降，生命体征稳定。

术后第四天，郑老太太回病房休养。她恢复得很不错，身体越来越好了，这一刻，我高悬的心终于平安落地。

是时候回过头来反思了：这其实并不是手术的问题，第一次手术时，两次吻合都是确切的，但是前降支吻合口的远端有内膜片漂浮，堵住了前降支。所以第二次手术时，只需要用球囊分别扩张一下就通畅了。

发现和处理这个问题，需要医生拥有足够的勇敢和坦荡，足够有责任心去面对这个不完美的手术结果，不怕"自砸招牌"，敢于自曝家丑，敢于剖开自己给大家看。

非常感谢郑老太太一家人的理解，非常感谢心内科医生们高超技术的配合，因为你们，这场不甚完美的手术最终完美落幕。

患者把自己的心脏交给我们，是大得不能再大的信任，我不是技术最好的心外科医生，但是我可以做一个最用心的心外科医生，用自己的全部技术，用医院的全部实力给患者最好的结果，报答患者的信任。

感谢，感恩，我终于可以怀着愉悦的心情迎接新年了，相信郑老太太一家人亦是如此。

倒计时

25 分钟

如果说要给这世界上的脆弱之物论资排辈，在我看来，第三是一戳就破的轻盈泡沫；第二要属久经日晒，早已风化的薄薄纸张；比这两件东西还要经不起折腾的，那一定是老年女性患者的主动脉壁——固定缝线是不能用一丝丝力气的，我得无比精准地控制自己的手。

1

73岁的张馨月是个和善的老太太，明明身体极度不适，可坐在我面前的时候，脸上却依然挂着温和的笑容，好似生病的另有其人。

我一页页仔细翻看她的外院心脏超声报告单：主动脉瓣重度狭窄，压差超过100mmHg。

又掏出听诊器，然而还没完全贴到胸骨右侧的主动脉瓣第二听诊区，一阵响亮、粗糙的收缩期杂音就凶猛地冲进我的耳朵。忍不住轻皱眉头，心中也随之有了定论：这是主动脉瓣退行性钙化导致的重度主动脉瓣狭窄，必须要做换瓣手术。

考虑到老人家年龄大了，受不得惊吓，这事不能直接和她说，于是我先从一些随意的话题开始聊："老太太，你哪儿不舒服啊？"

"走一会儿路就胸闷，什么事情也做不了。"张老太太开口，典型的老上海口音，"女儿上班忙，我现在带外孙也吃不消了，我家那老头子走得又早……"

没想到一句问询竟然牵出老太太郁结的心事，说着说着，她那爬满皱纹的苍老眼角溢出了寸寸湿意。我赶紧递上纸巾："没事的，老太太，我给你治好病，不要担心。"陪在一旁的女儿也赶紧伸手搂住老太太的胳臂，连声安慰："妈，别哭了，我们先看病。"

于是老太太长吁一声，擦擦眼泪不再说话。

"杨医生，我妈妈的问题严重吗？"老太太的女儿扭过头来看着我，"之前的医生说很严重，一定让我们来大医院看看，我们好担心……"

"嗯，是挺厉害的，不过可以治好。"我说明情况，"主动脉瓣是心脏的出口，由于老年退行性变，你妈妈的主动脉瓣严重钙化、狭窄，心脏射血的阻力就增加了，压差有100mmHg。什么意思呢？这就意味着，测量到你的血压是120mmHg的时候，心脏却要产生220mmHg的压力才能把血射出来。就像是拉着手刹开车一样，心脏的负担会严重增加，长此以往，心脏不堪重负，直到出现不可逆转的心力衰竭。"

话说到这里，气氛有点儿压抑、紧张，专业名词母女俩可能不懂，但后面的比喻一定能让她们明白不容轻视的实际情况。

"那可怎么办呢？杨医生。"母女两人的手紧紧拉在一起，无助地望着我。

"别急，这是良性的毛病，再说你母亲的杂音很响，说明心脏的收缩力还是好的，现在心功能处在代偿期。换主动脉瓣是个常规手术，我个人的手术成功率很高，像你母亲这个年纪或者比她大的也做过，效果都不错，不要紧张。"

显然这番话为两人注入了一针强心剂，我明显看到她们在对视一眼后，连坐姿都放松下来。

"那就麻烦您了，杨医生。"

"应该的，别担心。放松心态听医生的话，没什么大问题！"我朝她们鼓励一笑，并安排了老太太住院，一周后手术。

2

老年女性的骨头很脆弱，包括心脏在内的其他组织也很脆弱，因此替这类患者动手术，其精巧程度丝毫不亚于在一层薄薄的蝉翼上雕刻，每一针都如履薄冰，绝不能深，否则就会出血，甚至形成血肿。好在我经手过无数台老年女性患者的手术，尽管手术危险，但丰富的经验给了我充足的自信。

银光熠熠的手术刀握在手中，我小心翼翼地用我惯用的正中小切口。打开心包的瞬间，一颗鲜红色的心脏豁然出现在眼前。得益于老太太标准的身形，她的心脏解剖也非常清晰，使我情不自禁地赞叹出声。

"看，多标准的心脏！"

手术进展很顺利，说话间体外循环已经逐步建立起来。除了我和器械护士之间简短、直接、必要的对话，大家再无话，全都默默专注于自己手头的工作，很快，严重钙化的瓣膜就被完整切除了。

"21号生物瓣试瓣器。"我对器械护士说。

把试瓣器谨慎地伸进老太太的主动脉瓣环，一个棘手的问题出现了：虽然老太太的主动脉瓣环可以容纳21号的人工主动脉生物瓣，但放置人工瓣膜时一定要经过的主动脉窦部却非常狭小、逼仄，试瓣器只能非常勉强地通过。21号生物瓣已经是市面上最小的生物瓣了，再小就只能换机械瓣。

我需要作出一个抉择：给老太太用生物瓣还是机械瓣？

人工瓣膜分为生物瓣和机械瓣。机械瓣可以终身使用，但是需要每天口服抗凝药，防止瓣膜上形成血栓，适合年轻人；生物瓣不需要终身服药，但是有使用年限，适用于年纪比较大的人。另外，机械瓣可以做得比较小，如果患者心脏瓣环很小，生物瓣放不下，就只有使用机械瓣。

停下手上的动作，我的脑海中掀起一场激烈的交锋：对于73岁的老太太来讲，最好的办法肯定是通过换生物瓣来避免终身服用抗凝药。因为老年人服用抗凝药之后，出现并发症的可能性比较大，而且经常验血也会严重影响她的生活质量。但是就连21号这样最小的生物瓣也很难通过她的主动脉窦部，换生物瓣的风险会比较大。万一生物瓣放不下，或者主动脉发生撕裂，就很难收场了。反之，给她换小一号的机械瓣就很简单，手术过程也更安全，但是手术之后她的生活质量肯定会受到影响，甚至不排除出现抗凝并发症的可能性。

怎么办呢？左思右虑之时，我脑海中突然闪现过老太太提及往事时流泪的面庞，和我那时对她的安慰。我把试瓣器拿来看看，又反复地尝试了几次：试瓣器会在窦部卡一下，但还是进得去的，如果我将瓣膜侧着放进去应该没问题。

于是下定决心："还是生物瓣吧，21号的。"

"好的。"器械护士回应，然后和巡回护士重复了一遍，"杨医生，确定吗？我打开了？"

"确定！"我干脆地回答，尽管心中其实并不踏实：用生物瓣肯定是对老太太最好的选择，但是对我自己呢？岂止是不合适，简直是又一次地把自己放在了一个不成功便成仁的危险境地，堪比万丈悬崖走钢索。

尽管如此，我还是得上！

3

手术一步步进行下去，布线、上瓣、落瓣、打结……

如预期一样，21号人工主动脉生物瓣确实能通过窦部，放到瓣环水平，但轮到打结的时候，我发现老太太狭窄的主动脉窦部已经有点儿撕裂了，半个瓣环完全暴露在我眼前，让我心中升起一股不安的阴云：万一主动脉切口缝不起来就麻烦了。假如不幸出现这种情况，我得以更加精准、高超的技术和万分的小心去应对，而且结果如何，还不好说。

事已至此，退无可退，我只能把焦虑抛到一边，沉住气先一步步做下去：打结结束，瓣膜到位。这时候，由于人工瓣膜已经放置到位，狭窄的窦部随之被人工瓣膜撑开，我用镊子试着轻轻地把主动脉切口对合起来，模拟缝合后的状态——虽有张力，但差距不算很远。于是我决定尝试直接缝合。

"缝合吧。"我咽下一口唾液，对器械护士说。

一如过去每次手术进展到紧张时那样，我的声音有些嘶哑，喉咙里隐约涌上一股腥甜之气，就连后背也生出拔凉拔凉的寒意。

缝合开始，我情不自禁地屏住了呼吸，高度的精力集中使我宛如进入了无我的状态，天地都不再存在，只有眼前的血与肉：缝合主动脉窦部，带上主动脉内膜，躲开人工瓣膜，再带上外膜，最后小心翼翼地拉起来打结。

如果说要给这世界上的脆弱之物论资排辈，在我看来，第三是一戳就破的轻盈泡沫；第二要属久经日晒，早已风化

我的血管脆弱
像透明堵塞

手术室如战场, 而外科医是一名
奋勇杀敌的将军, 保卫患者
的生命, 把那些威胁人类生命的
敌人 通通打倒, 片甲不留。

的薄薄纸张；比这两件东西还要经不起折腾的，那一定是老年女性患者的主动脉壁——固定缝线是不能用一丝丝力气的，我得无比精准地控制自己的手。

"千万不要撕开，千万不要撕开……"我在心里默念，如同虔诚的信徒反复诵读经文。然而突然间，我感觉到一股来自手下的强烈落空感，就像是踩空了石阶跌落悬崖，我心里一惊：完了！撕了！

缝线带着毛毡和主动脉壁从心脏上撕裂下来，张力最大的窦部已出现了一个裂口。原来狭窄的主动脉窦部已经撕开，缩回到两侧，人工瓣膜完全暴露在我面前。

怎么办？直接缝肯定缝不起来了。我深吸一口气，低声问体外灌注师："阻断多久了？"

"65分钟。"她说。

尽管早有心理准备，但这个结果依然令我瞬间汗毛倒立。因为这意味着张馨月的心脏已经缺血停跳超过1小时了。虽然我们早已准备了大量心肌保护措施，但一般来说，停跳超过90分钟就会造成患者严重的心肌损伤——此刻,我只剩下25分钟来解决问题。

手术室里的仪表发出冷静的声响,传到我的耳里却像是危险逼近的倒计时,恍惚间,眼前那颗猩红的心脏也幻化成定时炸弹,冷静地"嘀嗒"倒数着,只要再过25分钟……不敢想下去!

我默默不语,陷入沉思,整个手术室也安静下来,不用交流,大家都知道台上遇到问题了。

这是一场不会爆炸的拆弹手术,尽管如此,却比真枪实弹更令我心跳加速。我左右扭了扭脖子,活动一下我那因为紧张而变得僵硬的肩颈,强迫自己冷静下来。

"还有25分钟,抓紧了,杨成!"我在心中默默催促自己。

4

尽管之前从来没有遇到这种情况,但是我曾看过文献:如果出现这种情况,要在破裂的切口位置补片,减少张力,只有这样才能把切口缝起来结束手术。

"快，帮我拿心包补片。"脑子里面高强度回忆着文献里的图片，我把心包补片剪成水滴状。

"快，吸引器，吸干净，让我看清楚。"我着急地对助手说。

从最难显露的最低点开始，我用补片扩大了张老太太狭小的窦部，每一针都要缝合得很确切，尽量缝合到正常组织，带上内膜和外膜，还要避免影响到人工瓣膜，因为过一会儿开放循环以后，心脏涨起来，这个地方如果有出血，就再也没有机会缝合了，也就是说我只有这一次缝合的机会。

但不知为何，面对着这唯一一次机会，我反而不如先前那般紧张了，闭上眼睛，深吸一口气，然后猛地睁开双眼，我感觉自己浑身充满了一股清明之气。再次全神贯注于眼前之事。我小心翼翼地缝合好切口，放置了止血胶水，进一步加固。

在这种高度集中注意力的状态中，我已经完全感觉不到时间，唯有额头密密麻麻的汗珠证明着光阴的流逝。

"头摇低，做呼吸。"我对麻醉师和体外循环师说，准备开放循环了，手术室里的人又忙碌起来。

充分排气后，我轻轻地松开主动脉阻断钳，心里暗自祈祷："千万别出血。"

"嘀嗒，嘀嗒，嘀嗒……"两分钟后，终于，张老太太的心脏重新跳动起来，耗时不到25分钟！

我抬头看看监护仪，血压有65mmHg，还不错！再轻轻地把心包腔里面的血吸干净，仔细观察切口的最低点，补片的一部分显露出来，没有什么出血，太好了！

疲惫感瞬间喷涌而出，我感到一阵天摇地动的晕眩袭来，赶紧大喊："快拿个凳子给我坐！心脏也再辅助一会儿！"但喊出口的声音，却虚弱到微不可闻，还好旁边的助手反应快，敏捷地扶住我坐了下来。

原来，我之前不是不紧张，而是一个人紧张到极限后反而会进入大无畏的勇猛境界，一旦这种紧张得到纾解，放松下来，那些被压抑已久的疲惫就会立刻喷涌而出，使人应接不暇。

下面的工作就是常规的撤离体外循环、止血、关胸，非常顺利。

5

离开手术室，窗外已经是万家灯火，这是比满天繁星更加令人心驰神往的美景，属于我家的那盏灯和我的家人也在等待着我凯旋。

手术室如战场，而我就是一名奋勇杀敌的将军，保卫患者的生命，把那些威胁人类生命的"敌人"通通打倒，片甲不留。尽管在战斗的过程中，我会受伤，会受到惊吓，会承担风险，但更多的是收获无可比拟的成就感！因为我，患者的生活质量明显改善，用我一时的辛苦换来了她一世的幸福，值得！

做医生的魅力正在于此，令我欲罢不能。

爱在人生离别时

银灰色的电梯像一面模糊的镜子，映衬出两人一车影影绰绰的影子，压抑而又肃穆，狭窄的空间里，他们显得那么亲密无间。经历过抢救时的分隔，终于，丈夫和妻子、父亲和女儿，一家三口又在一起了，只可惜已是茫茫生死两隔。

1

　　十年前，有一对刚刚退休的老夫妻来我这里看病。

　　说来这是一对传奇眷侣——两人相识、相恋于大学校园，随后双双从上海名牌大学毕业。由于当年老先生家庭出身不好，不能留在上海，于是妻子便毅然放弃了留在上海的机会，为了爱情和老先生一起去四川绵阳工作。

　　离开青葱校园，远走他乡定居，生育贴心女儿……这些年来，两人经历了无数风风雨雨，小到柴米油盐酱醋茶的烦心琐事，大到汶川地震这样举国同悲的灾难，却没有任何事能将他们分开。两人始终不离不弃，恩爱有加，一如《诗经》所言："死生契阔，与子成说。执子之手，与子偕老。"

而今，在度过了辛劳却也幸福的人半生后，两人终于迎来退休，便决定回到老家上海颐养天年，落叶归根。

2

其实老先生平时身体还不错，一直坚持锻炼，还常常拉着老太太一起打乒乓球。然而在2009年体检时，老先生被查出血压偏高，继续深入检查后发现主动脉弓有缩窄畸形。家人于是带老先生来医院就诊，并决定在全身麻醉下切除病变部分，置换人工血管。

手术开始后第一步是先把病变血管游离，再阻断。由于病变部位在胸腔最顶端，显露比较困难，加上狭窄后的主动脉有扩张、变薄，在术中发生了动脉弓破裂——大出血，尽管经历了一夜抢救，还是不治。

第二天一早，我带着一晚上没睡的疲惫，向他的妻子和女儿宣布了这个不幸的消息。

3

他的妻子和女儿就站在监护室的门口外，一门之隔，却已经是生死之间的距离，冰冷地错开一个永远破碎的家庭。

门的那头，泣不成声，隔着这扇沉重的门，声音清晰地传到我耳里，撕心裂肺。

门的这头，我听着哭声，沉重地给老先生做着最后的整理。轻轻地在他身上盖上雪白的被单，和护士一起推着他到监护室门口，然后深吸一口气，准备推开门，让他和妻子、女儿做最后的告别。

轻轻一推，门温柔地开了，老先生的家眷出现在我眼前。

我不忍多看那对悲痛的母女，低着头掀开老先生脸上的白单，静默着向前微鞠躬。但眼角的余光里却依然出现了老先生女儿失声痛哭的身影。

"爸爸……爸爸……我没有爸爸了……"

她声嘶力竭地哭喊着，重复着，颤抖着，几乎不能自已，声声饱含着失去至亲的锥心之痛，听得我也止不住鼻

● 从此，呼叫机上，不再是职业，而是用努力用生命……用生命为阶段，与此患难此生。
给无语者记这次离别，永远。

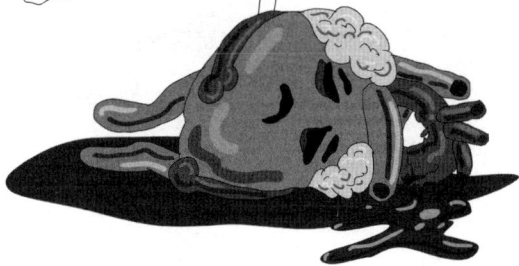

酸。可站在一旁的老太太，却出乎我意料的冷静。她一把拉住一旁悲痛欲绝的女儿，然后一字一句地对女儿说："你不要哭，不要用眼泪送别你爸爸，他喜欢看你笑。"

在这一刻，一切语言都是苍白的，我只能颔首致歉："实在抱歉，我们确实尽力了。"

老太太转过身，走上前来抓住我的手。她的手温暖却又有些湿润，不知是刚擦过谁的眼泪："杨医生，你们从昨天下午忙到现在，辛苦了！我知道你们尽力了，手术出现意外，是没办法的事，你们也不愿意看到！"我抬头与她对视，她的脸颊轻轻地抽搐，但是眼神却很坚定。

她说得很慢："汶川地震死了那么多人，也就是一瞬间的事，说没就没了。我家老头儿生了病，你们这么多医生、护士，抢救了这么久，我们家属很感谢！"

我嗫嚅着无言以对，只能轻轻地拍拍她，握住她的手，低头以示心中那份尊重和悼念。

4

时间差不多了，母女两人推着车进了电梯。

银灰色的电梯像一面模糊的镜子，映衬出两人一车影影绰绰的影子，压抑而又肃穆，狭窄的空间里，他们显得那么亲密无间。经历过抢救时的分隔，终于，丈夫和妻子、父亲和女儿，一家三口又在一起了，只可惜已是茫茫生死两隔。

我站在电梯前面目送他们，在电梯关门的瞬间，猝不及防地，母亲拉着女儿的手对我深深地鞠了一躬。

瞬间，我的眼泪再也忍不住了，它从心中涌到眼里，汩汩流出，泪眼婆娑中，我的视线越来越狭窄，直至电梯门彻底关闭，"叮"的一声往下滑降。

5

如今，那次告别已经过去快十年了，我却仍记得那个爱打乒乓球的老先生，记得电梯里面的那对母女，记得那个母亲微微抽搐的面颊上似海的眼神，记得母女深深的鞠躬。

从此，对于我，医生的意义不再只是治疗疾病，而是用努力、用善良、用真心去照亮每一个患者的心灵。

我无法忘记这次别离，永远。

永不

分离的

爱人

他暗色调的警服在病房的洁白里，显得那么突出。我站在病床旁，想和他解释一下，但他并没有看我，只是单腿跪在床头，俯身向下，深情地抚摸着阿玲那年轻却苍白的脸，那正在渐渐失去体温的身体："老婆，你别怕！你别怕，我也会去的，去和你团聚！"

1

我第一次见到阿玲是在急诊室的躺椅上面，她面色惨白，呼吸急促。尽管如此，我还是能从她的穿衣打扮上看得出来，阿玲平时保养得不错，是个热爱生活的人。

"医生，你看看我女儿！"她妈妈焦急地看着我，脸上布满愁云，"到底是怎么回事呢？平时蛮好的呀！"

阿玲已经高热1周了，开始以为是普通感冒，在社区医院吊水，可是不但没有好转，反而持续高热，每天体温都在40℃左右。拖了几天，这才来到中山医院。一检查，发现血里面已经有细菌了，典型的败血症，心脏杂音也很响，主动脉瓣和二尖瓣都已经严重感染，长满了赘生物，重度反流。

诊断明确，刻不容缓。于是阿玲被紧急转到监护室，用呼吸机辅助呼吸，以最好的抗生素进行治疗。在一番紧锣密鼓的术前准备后，我第一时间为阿玲进行了手术。

2

打开心包后，我惊呆了：阿玲的情况极为严重，感染似乎已经穿透了她的心脏和主动脉，整个心脏都已经严重水肿了。

好在尽管手术艰难，进行得却还算顺利，术后第3天，阿玲就已经躺在病房里面了，一切似乎都在好转。她的妈妈坐在病床旁，一口一口地喂阿玲喝着爸爸从家里带来的鸽子汤和黑鱼汤。

这时，她妈妈已经没了初见时的焦急，满眼只有对女儿的慈爱和关切："杨医生，我家玲玲是做财务的，平时工作忙得不得了，经常加班。我女婿是警察，世博会马上来了，也是忙得不可开交，难得回家！我们老人呢，要顾上顾下的，所以就把孙子放在外公外婆那里了。那孩子调皮得很……"

阿玲妈妈向我挨个儿介绍了家庭成员，我莞尔一笑，因为阿玲妈妈语气里虽然有着抱怨，但更多的其实是一种淡淡的满足。

我暗叹这是一个多么平凡而又幸福的家庭，尽管不幸突逢大变化，但他们很快地安排了新的生活节奏，很快地适应过来，是多么积极的面对人生的态度！

时间过得飞快，伴随着世博会的来临，上海街头的喜庆氛围越来越浓厚，一切似乎都变得好起来。查房的时候，我偶尔还能看到阿玲对着妈妈发点儿嗲。

3

术后第5天早晨，我刚查完房，正准备去手术室。电话响了，显示的是病房的号码。

133

"杨医生，38床室颤了！"

"什么？！"

护士又快速地重复了一遍，但就在这短短几秒钟，我已经从楼梯往病房飞奔。那个瞬间，我脑海中像走马灯般闪过这个平凡家庭里每个人的面容，这个完整的家庭，可不能有事啊！

到病房时，其他的医生已经在心肺复苏了。阿玲年轻的面容变得青紫、惨白。在胸外按压下，她娇小的身躯左右轻轻摇动。她妈妈站在旁边，不知所措地望着医生。小桌板上，阿玲爸爸送来的早饭还冒着热气，在这冰冷的病房中，有一种朦胧的不真实感。

抢救正在争分夺秒地进行：气管插管，电复律，送监护室，继续抢救，胸外按压持续了一个多小时。眼见着希望愈发渺茫，我心里还是不想放弃——阿玲的生命，可是关系着一家人的幸福啊，不懂事的孩子的母亲，年迈的父母的独生女儿，我没见过面的那个警察的爱人……

奋力抢救中，汗水打湿了全身，我却浑然不觉，直到最后，其他医生把我拉开，说已经没有任何生命迹象了，阿玲的瞳孔已经散大了。

4

阿玲的爸爸妈妈还没反应过来，只是语无伦次地打电话给阿玲的丈夫，只会说快点儿来医院，快点儿来医院。

终于，一个穿着警服的男人冲进了监护室，扑到阿玲的床旁边，轻轻地喊："老婆，老婆。"

他暗色调的警服在病房的洁白里，显得那么突出。我站在病床旁，想和他解释一下，但他并没有看我，只是单腿跪在床头，俯身向下，深情地抚摸着阿玲那年轻却苍白的脸，那正在渐渐失去体温的身体："老婆，你别怕！你别怕，我也会去的，去和你团聚！"

瞬间，我的眼泪忍不住流下来。

如果一个人要去另外一个世界，他最本能的感觉会是什么？害怕！这种感受，只有至亲至爱的人才能感受到，才能告诉她："离开了亲人，去往另外一个世界的时刻不要害怕。他会去找她，不让她孤单，他们永远都会是一家人。"

有些时刻，也许只有几分钟，却永远震撼着我的心。

有些话，也许只有几个字，却感人至深，终身难忘。

行医将近30年，这是我难忘的一次告别。

不为手术，只为生命

多年前，面对一个手术指征存疑的患者，有个外科医生说过这样一句让我铭记至今的话："如果这个患者是你妈妈，你会给她开刀吗？"

1

又是一个周四的下午，门诊一如往常般熙熙攘攘。刚看完一个患者，电脑上忽然跳出一个我熟悉的名字——陆胜强。

哟，是老陆！心里瞬间涌起一股与老友重逢的期待，我嘴角微微扬起，安静地等待他进来。

诊室的门开了，人未到，声先至，一阵爽朗的笑声从门缝里争先恐后地蹿进来，接着就是满头银丝的老陆大步走了进来。我挑眉朝他挥手："老陆，快来坐！最近怎么样啊？"

"哈哈，杨医生，你好啊！"老陆大笑着，三步并作两步，眨眼间就走到我面前坐下，"托你的福，蛮好，蛮好，一切正常！"

"每天都活动吗？"我问。

"每天最少一万步呢！"他大声说，很是得意。

看着他喜形于色的样子，我忍不住笑出来："那好，那好，再让我检查一下。"于是听了听他的心脏：心律不齐，心音有力。又看了看他的验血报告，心下了然。我告诉他："验血的结果蛮好，你继续按照现在的剂量吃药就可以了，1个月以后再来复查。"

老陆连忙点头说"好"，然后站起来和我告别，依然是大步来大步去，威风凛凛的样子。但临到门口时，他却突然停下来，还不待我问他怎么了，他已快速地扭过头来，朝我真诚地说："真的谢谢你啊，杨医生，让我免开一大刀。"

2

故事还要从半年前说起，那是老陆和他女儿第一次来看我的门诊。

那时，两个人悒悒不乐地坐在我面前，眼皮耷拉着，脸上写满了忧愁："杨医生，你帮我看看，我的毛病到底严重吗？"

"好，我看看。"我应和道，拿起那一沓厚厚的检查材料仔细地翻阅起来，很快就明白了老先生的情况：75岁，主诉时有心慌，心电图显示心房颤动，心脏超声显示二尖瓣轻中度反流，三尖瓣轻度反流。

看得出来，父女俩压力很大，不光始终眼神焦灼地盯着我浏览材料，而且我刚翻完最后一页材料，老先生就忙不迭地抛出连珠炮似的问题："杨医生，我看了几家医院，都让我做手术，说要做房颤消融，加上瓣膜修复，说不做手术就会脑梗死、会心力衰竭。您看我都这么大年纪了，自己也没啥特别的感觉，能经得起手术吗？不做可以不？"

看着两人紧锁的眉头，我赶紧先给父女俩吃了一颗"定心丸"，说："老先生，你别着急，没有那么严重，我给你解释一下是怎么回事。"

父女俩点点头，认真地听我说下去。

我虽然老了
但我还能工作！

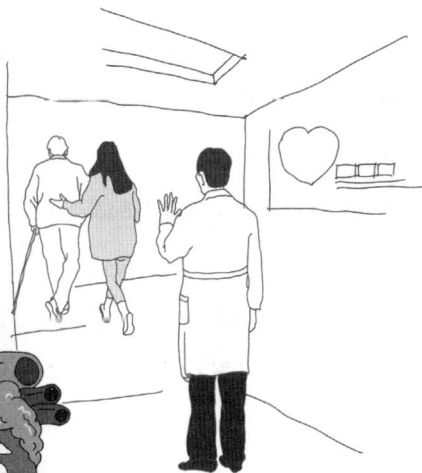

我愿尽我的能力和判断力所及去维护
我的病人，遵守这样一些
合乎道德原则，并把他给一
切腐浊与不正的行为
——希波克拉底誓言

"这个房颤呢，就是心房由正常的规律跳动变成了不规律的颤动，造成了心律不齐，有时候会有心慌的感觉。那房颤是什么原因产生的呢？对你来说，房颤是老年性的，是人衰老的表现，就像人老了眼睛会花、耳朵会背、头发也会变白一样。"

留意到这位老先生满头白发，我便笑着指了指我两鬓同样有些花白的头发："你看，岁月不饶人啊，我也有不少白头发了。"

见我自嘲，老先生忍俊不禁，气氛瞬间缓和不少，我便继续说了下去："房颤，有两个大的坏处，一个是会影响到心脏的功能，会让你的心功能打8折，但是像你这个年纪，也不会做很剧烈的运动，即使打8折，心功能也能满足你的需要。所以不用太担心。"

老先生点点头，舒了口气，但依然很紧张："那第二个坏处呢？"

我比出两根手指："第二个坏处，就是会引起栓塞，多数是脑梗死，因为房颤时左心房不能规律跳动，容易形成血栓，血栓从心脏脱落以后，容易进入脑血管，造成栓塞，如果不正规治疗，房颤患者每年有10%的可能性发生脑梗死。"

"那我们应该怎么办呢？一定要做手术吗？"

"根据你的具体情况，以我的经验来讲，可以用药物保守治疗，不需要手术治疗。"我真诚地直视老陆的眼睛，"我们可以通过药物控制你的心率，不要让心率太快，减少房颤对心功能的影响，然后通过抗凝治疗减少发生栓塞的可能性，这样，房颤的两个坏处都能减少或者避免了。另外，二尖瓣和三尖瓣的反流是房颤造成的，程度并不严重，对心脏影响不大。不会影响你的寿命。你就好好吃药，争取再活20年，活到100岁！"我笑着拍了拍老陆的肩膀，给他打气。

听完我的解释，老陆的表情已经是阴转晴了，但我觉得还不够，于是补充说明："老陆，你放心，人老了，器官都会老化，就和车开得久了一样，会出现各种各样的问题。但是，如果这个老化的瑕疵不影响生活质量，不影响寿命，就不一定要大动干戈地去修正，因为修正本身带来的风险往往会大于留下这点儿瑕疵的风险。"

就这样，老陆接受了我的建议，进行药物治疗，时隔半年，感觉良好。

3

多年前，面对一个手术指征存疑的患者，有个外科医生说过这样一句让我铭记至今的话："如果这个患者是你妈妈，你会给她开刀吗？"

妈妈，是我们在这个世界上至亲至爱的人，被我们放在心里最柔软、最温暖的地方。我相信假如生病的人是自己的母亲，任何一个医生都一定会选择最合适、风险最小、最不受罪，既能健康长寿，又不影响生活质量的方案。

我每天接触那么多患者，大部分和我萍水相逢，之前并不相识，但我知道，我的患者也会是别人的父母、别人的孩子、别人的亲人，也会是另一个家庭的牵挂。患者把治疗的决定权交给了医生，让医生选择是做手术还是保守治疗，这是多么大的信任！我们应该把患者当成自己的亲人，为他选择会给自己亲人选择的治疗方式，而不应该有其他杂念。

特别是对于外科医生，手术绝对不是目的，治好患者才是目的。手术的数量不值得骄傲，多少个患者因你获益才值得骄傲。

就老陆这个情况来讲，房颤是个老年退行性改变，在合理药物治疗的前提下，对生活质量和寿命影响并不大，而外科手术创伤大，有手术风险，术后5年只有35％的患者可以恢复到正常心率——如果老陆知道了这些真实的信息，还会接受手术吗？

正因如此，医生才要用自己的"知道"，去解决患者的"不知道"，拿出对待"妈妈"的态度对待每一个患者，给他选择最优治疗方案。

每个医生入职时，都曾朗读过誓言："我愿在我判断力所及的范围内，尽我的能力，遵守为病人谋利益的道德原则，并杜绝一切堕落及害人的行为。"

在我工作了二十多年的医院，院训就是"一切为了病人"。

对我而言，面对每一个患者，我常常这样问自己："如果这个患者是我妈妈，我会给她选择什么样的治疗方案？"

两颗
定时炸弹，
先拆
哪个好

我抿唇，双眼如苍鹰一般锁定眼前这颗心脏，但有一缕思绪不听使唤地神游到另一个奇妙的世界——像穿越到小人国一般，老程的心脏突然变得硕大无比，如一座巍峨的山峰，猿猱穿梭其中，悲鸟哀号不停，仅能容下一人走过的狭窄古道沿着嶙峋的边缘盘旋而上，指引我攀上顶峰。

1

　　接到心内科电话的时候，已经接近黄昏了，暮色的天呈现出一种沉重的灰蓝色，乌云低垂，压得人喘不过气。

　　"杨医生，来了个情况比较危急的患者，你快回来看看。"电话那头，同事简单而焦急地说明了一下患者的情况。短短几句，却字字锥心，听得我的心脏不由得一阵阵紧缩，赶紧穿上外套匆匆往医院赶。这个时候，真恨不得自己像齐天大圣一样，一个筋斗十万八千里，直接飞到心内科病房。

紧赶慢赶，20分钟后，我终于在病房里看到了生命垂危的老程。

　　他半卧在床上艰难地吸着氧气，面色煞白，旁边输液泵里是硝酸甘油。远远地，我就看到他急促呼吸着，走近了掀开他的被子，如小山般厚重鼓胀的肚子蓦地出现在我眼前，目光往下扫，是一双瘦削得能看到骨头的细腿，左腿还包着几层厚厚的纱布。

　　我抽抽鼻子，隐约间似乎闻到了一股淡淡的臭味，不由得轻轻皱眉。

　　快速浏览了老程的病史，我眉头皱得更紧了，因为老程的问题实在太严重。

　　第一，65岁的老程，竟然有50年的吸烟史，而且是每天4包！

　　第二，他有十余年的糖尿病病史，平时非但没有运动习惯，还不忌口，血糖控制极差！

　　第三，为什么他左腿包着纱布？因为糖尿病足造成了左下肢多个脚趾坏死，他已经做过2次截趾手术。目前整个左脚严重感染、疼痛，每天要吃3次镇痛药，每次吃2粒。

第四，不仅是糖尿病，老程还曾经多次发生心肌梗死，冠状动脉造影显示多支严重狭窄、闭塞，血管钙化严重，无法放支架。

第五，由于多次心肌梗死，老程存在心力衰竭，射血分数只有正常人的一半，心力衰竭指数比正常人的最高值还要高20倍，已经不能平卧，这也是他虽然疼痛难忍，还是半卧着的原因。

现在，老程由于严重心肌缺血引发心绞痛，正在用硝酸甘油维持。

一页页病历翻下来，触目惊心。我心头的焦虑不断累积，直至最后一页，我恍惚间犹如灵魂抽离，焦灼到连病历上一个个方方正正的字也变得逐渐扭曲起来，不能再看。

"杨医生！"

忽然，我听到背后有人喊我，这声音瞬间把我拉回现实世界。打了个激灵，我赶紧摇头甩去脑海中纷繁的杂念，开始仔细计算如何解决老程的问题。

2

目前老程有两个问题迫切需要解决：一个是心脏严重缺血，心绞痛，需要搭桥手术，另外一个是左下肢严重坏死感染，需要截肢手术。

两个都很严重，但手术必然有先有后，先做哪一个呢？

文献报道，糖尿病足截肢手术的死亡率高达50%，其原因主要是手术中发生心肌梗死。老程又是一个明确的严重冠心病患者，先做截肢手术，肯定极其危险。那么毫无疑问，肯定只有先搭桥了——也就是说，我要在老程左脚感染坏死，轻度发热的情况下做搭桥手术。

但这还不是最难的，最难的其实在于老程曾经多次发生心肌梗死，心脏扩大，收缩力只有正常的一半，手术中最好借助主动脉内球囊反搏（IABP）。可是球囊反搏需要从股动脉置入，老程的左脚已经由于动脉硬化、狭窄而坏死，与此同时，超声发现他的右股动脉也有严重狭窄，不能放置球囊反搏——辅助的路彻底断了，我得在没有任何辅助的情况下，给一个心功能极差的心脏进行手术。

思虑及此，苦笑一声，虽说行医三十年见过不少恶劣情况，好几例甚至比现在更加棘手，但老程这个情况还是令我打心眼儿里发颤。两个"定时炸弹"绑在老程身上，每一个都可能在下一秒爆炸，令他殒命。现在，我得先帮他拆掉一个，而且是在条件极其苛刻的情况下。

我站定，无言地看着眼前这个半躺在病床上的孱弱老头儿。他花白的头发快要掉光了，眼睛微微闭上，遮住了混浊的眼球，干枯的嘴唇像一条脱水的鱼那样一翕一张，透过隆起的被子，我依稀能想见那鼓胀如蛙的肚子是如何可怖，再加上几缕无形胜似有形的脓臭，老程这样实在惨不忍睹。

作为医者，我虽不嫌弃，只想着尽可能救他，给他生存的机会。但假如我是他的朋友，我真想狠狠地敲着桌子对他

太咸了!
来点儿高糖饮料
吧!

⊙ 我握住病人的手
这种令人感动的温暖
让我真切地感觉到
那曾经被生患病逝的
脆弱生命已经走出阴霾
已经和窗外的阳光一样
灿烂长久.
∴我感到所有的努力
都是值得.
∴我打心眼儿里为自己那双
着身的骄傲!

153

说："谁让你吸烟！谁让你乱吃！谁让你不运动！你看你把自己害的！是不是搬起石头砸自己的脚？"

只可惜，他现在这样子多说无益，赶紧帮他做手术渡过难关才是眼下的正事。

3

手术日的那个早晨并不愉快。

无影灯下，鲜血淋漓。身着蓝色手术服的我举起老程那条坏死的左脚消毒，不愉快的味道凶猛地穿过口罩，直冲到我的鼻子里，浓稠无比。闻着这样的味道，再看着老程那小山般的肚子，这刹那实在很难忍住生理性反胃。但同时，我也更加同情这个正在遭受病痛折磨的患者——我尚且感到不适难耐，更何况是老程自己？

旁边的麻醉师冲我抛来一个了然的古怪眼神，摇摇头，然后继续用升压药支撑老程的血压。余光里，我看到监护仪上老程的血氧饱和度，数字也不是很好。

心里愈发沉重，一切都是那么不满意。一个念头挤进了我的脑海：我可以离开吗？

我知道，当然不可以，现在能拯救老程的人只有我。尽管一切很难，而且充满了不确定性，但是，还有别的路可以选吗？没有了。现在我所作的一切，是万般无奈下唯一的选择，是没有办法的办法。虽然结果会如何，我也说不好，只能认真做好每一步，尽自己最大的努力，希望能帮助老程活下来。

取好胸廓内动脉，切开老程的心包，情况比想象的还要差：他的心脏胀胀的，收缩乏力，右心房甚至呈现出暗紫色。因为严重钙化，老程的前降支摸上去像是一条铁索一样，还好有一根比较粗大的中间支。

我抿唇，双眼如苍鹰一般锁定眼前这颗心脏，但有一缕思绪不听使唤地神游到另一个奇妙的世界——像穿越到小人国一般，老程的心脏突然变得硕大无比，如一座巍峨的山峰，猿猱穿梭其中，悲鸟哀号不停，仅能容下一人走过的狭窄古道沿着嶙峋的边缘盘旋而上，指引我攀上顶峰。

也许被眼前的景象震撼住，冥冥中，我似乎进入无我的状态，闻不到那直冲脑门的臭味，感觉不到时间的流逝，感觉不到世间的繁杂，也不再畏惧手术失败，只知道顺着眼前这条古道，向前走下去。

做血管吻合的时候，由于心脏搬动，老程的血压明显下降，麻醉师紧张地盯着屏幕上的数字，装满高浓度升压药的注射器已经接在静脉导管上，紧握在麻醉师手里，随时准备注射。

我紧张地做着血管吻合，甚至没有抬头看监护仪的时间，只是不停地对麻醉师说："报血压！"

就这样，一步步按照计划做下去，直到最后一针缝好，打结，我深吸一口气，松开夹在静脉血管上的血管夹，开放桥血管，给心脏恢复血供。

就在这一刹那，麻醉师欣喜地脱口而出："血压上来了！"

"打水，看看有没有出血。"我吩咐，然后去除搬动心脏用的纱布，放开固定器——老程的心脏明显地放松了，跳动有力了！我那一缕游离的思绪被这一声声有力的跳动唤回到现实世界，瞬间脱力地坐在冰冷的凳子上，却感觉挺温暖。

"休息一下！"我大声地说着，平常的语气里有难以压抑的愉快声调。

麻醉师也乐呵呵地看着我，这一次不再是闻到怪味的古怪眼神，而是发自内心，如火山喷发般充盈的喜悦。相信他和我一样，假如可以，真想立刻脱下手术服，跑到楼下大吼一声："太刺激了！"

没办法，谁让外科医生就是这样呢？

手术前做与不做的纠结，选择手术方式的煎熬，手术中后背发凉的紧张……所有复杂的情绪积攒着，积攒着，憋在心中，折磨着我。但当松开血管夹，患者血压上升的那一瞬间，我的心里会立刻下起一场倾盆大雨，"哗啦哗啦"地浇灌我那因焦虑而干涸的心——这种痛苦积累后泄洪般释放的感觉，这种力挽狂澜拯救生命的感觉，给我带来了莫大的成就感，会上瘾！我太爱我的职业了！

4

术后当晚，老程情况平稳，第二天的检查结果也说明桥血管通畅。

但是，尽管用了最强力的抗生素，老程的白细胞却一路倔强高歌，继续升高，体温也飙升到39.9℃。当天下午请血管外科的医生给老程做了清创手术，可是晚上他依旧持续高热——看起来，本想择期再做的截肢手术要提前了。

没办法，虽然刚做好搭桥手术才两天，但老程的身体状况等不下去了。尽管风险很大，却也不得不迎难而上，因为假如不截掉他那条严重坏死的左腿，等坏死物质吸收入血，老程全身中毒，不就又到了生死边缘吗？

于是，紧急联系整形外科的专家，联系手术室、麻醉科，当晚又把老程推到手术室。

由于刚刚做好搭桥手术，现在老程身上依旧插着气管插管、引流管、中心静脉导管、输液泵，左脚还包着纱布。老程的家人无法进来帮忙，更无法进入手术区域，所以我和老程的主治医生就成了患者的临时"家属"。

搬患者，推输液泵……我们一起安静地做完这一切，一分一秒也不敢耽搁，为接下来老程的截肢手术做着准备。暗流之下，剑拔弩张，现在老程就在生死边缘，唯一可以依靠的就是我们，稍微一松手，一条生命可能就这么逝去了。既然我们接受了老程，就要对老程负责，就要对结果负责任，怎么会允许这样的事情轻易发生？

截肢手术很顺利，当晚老程的体温就恢复正常，第二天早晨就可以拔掉气管插管，回到病房了。

5

又是一个早晨，我来查房。

老程躺在靠窗的床位，不再半卧，不再依靠呼吸机。柔和的金色阳光洒在病床上，洒在老程满是笑容的脸上，一些零零碎碎的光斑点缀，就像散落满地的珍珠一样，昭示着生命的纯洁与可贵。

见我进来，老程笑了，坐在床旁的老程老婆也赶紧站起来招呼我，笑着说早上好。

我握住老程温暖而苍老的大手，上面有一些磨人的老茧，但更多的是令人感动的温暖，让我真切地感觉到这个曾经站在悬崖边缘的脆弱生命已经走出阴霾，已经和窗外的阳光一样灿烂而长久——这让我感到几天前的一切努力都是那么值得，让我打心眼儿里为自己的医者身份骄傲。

我笑着问老程："吃得下吗？"

"吃得下！"老程老婆热情地抢先回答，"不过我不让他吃太多，控制一下！"

"现在可以下床走了吗？"我点点头，继续问。

"再让我休息几天。"这次是老程抢先回答。

"绝对不行！"我提高了声调，皱着眉伴装严肃，"你就是太懒了，不运动才生这个毛病！"现在，终于能够以朋友的身份，对逐步恢复健康的老程提出我的建议了，真高兴他渡过了这个难关，也希望他能听听我的建议，少抽烟，多运动，控制饮食，别再让自己深陷困境。

　　"对的、对的，杨医生你多说说他，让他别那么懒，总是躺着！"老程老婆亲昵地点了点老程的脑门。

　　被阳光填满的病房，同样被笑声和希望填满。

重逢
与
重生

公园里有群鸟唧啾，有绿荫环绕，有不绝于耳的欢声笑语……这一切都透露着生命的活力，令我感到心中像是有一团炽热的火焰在燃烧，使我充满了力量。我如此热爱我的职业，尽管它时常令我身处险境，面对风险。但我依然热爱这种救死扶伤的感觉，究其原因，我想大概是因为我发自内心地热爱生命，热爱美好。

1

周末晴好，去公园慢跑，正跑着，忽然感觉到一股强烈的目光停留在我身上。举目四望，一个坐在长椅上的中年女性正定定地看着我，眼里有着六分惊喜，四分惊疑。忽然，她从椅子上直蹿起来，一边迎面朝我快步走，一边挥手大叫着我的名字。短短几秒的时间，她便走到我面前，热情四溢地看着我："记得我吗，杨医生？刚才看到背影就觉得有点儿像你，原来真的是你！"

我亦回以客气一笑，看样子，她是我的患者？

她很激动，有些手舞足蹈地叙述着与我的往事。三言两语下来，我才弄清楚原来生病的人不是她，而是她的父亲。去年她父亲因为重度肺动脉高压跑了许多医院，但都没有结果。直到找到我，才彻底治好。

经她这么一说，我确实想起曾经救过这么一个人。是了，那场手术凶险异常，令我印象深刻。不过更令我难以忘怀的，还是他父亲在就诊时对我说过的话——"杨医生，你给我做手术吧，就算治不好出事了，我保证不怪你，我可以签字。"

2

那大概是一年前的事，是一个周一的门诊日。

我刚在诊室坐定没多久，就看到一大家子彼此簇拥着，几乎是挪进了我的办公室：两个古稀老人，一双不惑之年的儿女，年龄都不小，每个人脸上都带着愁容。尤其是被女儿搀扶着的老先生，更是呼吸急促，面容扭曲，远远地就能感觉到他的痛苦，显然，要看病的正是他。

我赶紧招呼他们坐下，然后接过老先生儿子递来的一大沓材料。摆在最上面的是老先生的心脏超声检查报告，刚在我们医院做的，隐隐约约还散发着一股油墨味儿。我一眼扫下去：二尖瓣后叶大面积脱垂，极重度二尖瓣反流，反流束宽度2厘米。

嗯，舒了口气，这个情况虽然修复起来有点儿难度，但应该没什么问题。我在心中暗想着，接着浏览报告单。但很快我的心就被吊起来了，因为接下来几页上写着，老先生的肺动脉高压竟有113mmHg（正常值应该在40mmHg以下），肺总阻力也达到了10Wood单位！这超过正常值数倍，说是爆表也毫不夸张！

皱着眉，赶紧再往下翻几页，摆在心脏超声报告单下面的是上海另外一家医院两年以前的出院小结，那家医院的心外科水平极高，然而上面写着一句令人一窒的话语："患者重度肺动脉高压，手术风险极大，建议保守治疗。"

难怪……这下我算是理解他们一家的愁容了，2年前就被另外一家著名医院"判了死刑"，不能做手术，只建议保守治疗。但保守治疗的结果就是老先生难脱沉疴，稍微动一下就不舒服、气急，生活质量肯定极差。

恰好这时，老先生又闷闷地大喘了口气，我抬眼看了下老先生，轻轻放下报告单，又拿起闪着银光的听诊器贴在他胸前。一阵强烈而粗糙的杂音喧嚣着传来，像是一个态度嚣张的恶鬼在舞旗擂鼓，向我挑衅。

老先生的呼吸依然急促，他目光混浊地看着我，而他的家人也神色紧张，攥紧了手屏气凝神地盯着我，像是在等待宣判，又像是心里早有答案，却可怜巴巴地在等待奇迹出现。

我有些于心不忍，垂下眼帘躲开他们期待的目光。老先生的情况很复杂，我需要在更多思考后才能做出判断。此刻办公室里的空气仿佛停滞了，只等着我开口打破这令人压抑的平静。

忽然，老先生自己开口了："杨医生，你给我做手术吧，就算治不好出事了，我保证不怪你，我可以签字。"

闻此，我有一刹那愣住了——有些不高兴他这么说，因为手术失败是很麻烦的，这还没做手术呢……但我又能从话里感觉到他对我的信任和他的痛苦。我有些可怜他，毕竟来看病肯定是希望治好的，他这么说，大概的确是因为保守治疗这些年来，钱花了不少，但始终没治好，他肯定也绝望了。或许，我的确是他们一家最后的希望了。

心里许多念头闪过，但最终我还是想：好吧，那就试一试，帮帮这位老先生！

3

很多时候，看病就像破案，同一个结果可能由完全不同的因素造成，医生要做的，就是通过各种渠道掌握充足的线索，直至最终找到"幕后凶手"。所以现在问题的关键就在于弄清楚老先生重度肺动脉高压的原因。

是极重度二尖瓣反流吗？的确，重度的二尖瓣反流会造成肺动脉高压，但是高到110mmHg，阻力爆表的情况实属罕见。

是合并其他导致肺动脉高压的问题吗？如果合并肺动脉栓塞，是可以通过肺动脉CTA排除的，但是否合并原发性肺动脉高压，就比较难判断了。

我思索着，同时仔细向老先生一家询问既往病史，就像侦探询问证人一样，试图从他们的话语中找到那难以捕捉的蛛丝马迹。幸运的是，我很快就找到了——原来老先生心脏杂音多年，而且反流程度非常严重。加之医学上的"一元论"理论要求医生尽量以一种原因解释患者的病情。所以综合来看，老先生同时罹患两种导致肺动脉高压疾病的可能性几乎不存在。

那么，我可以大胆推测了，二尖瓣严重而且长期病变造成肺动脉高压的可能性大。

大胆推测，小心求证，但我还得让老先生做个CT来彻

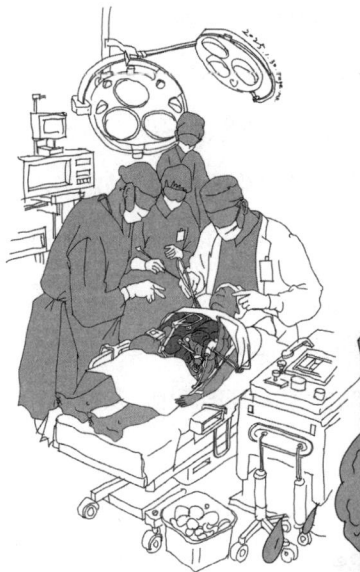

重度二尖瓣
反流.
肺动脉高压
110mmHg

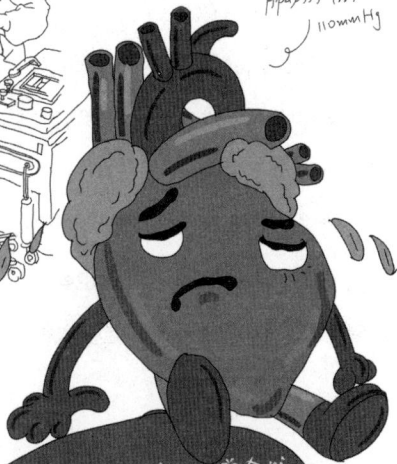

我热爱我的职业, 尽管它时常令我
身处险境, 面对风险, 但我依然热爱这种科
技带给我的愉悦的感觉. 究其原因, 我想大概是因为我发自内心地
热爱这一切, 热爱美好!

169

底排除肺动脉栓塞的可能性。只有把这些检查都做了，经过严密的论证，才能让真正的"犯人"落网。

很快，检查结果出来了，和我预想的一样，肺动脉CTA没有发现肺动脉栓塞，那么老先生的病因就确定了，就是二尖瓣重度反流，而这个是我们可以通过手术解决的，老先生还有救！

我赶紧和家属讲清楚病情的来龙去脉，告诉他们："通过二尖瓣修复手术，可以去除肺动脉高压的原因，从根本上解决问题。"

老先生欣喜至极，握着我的手，浅灰色的眼里有一道淡淡的光，喃喃着说谢谢。我也替他们开心。考虑到老先生心力衰竭严重，我当天就把他收入病房，做术前检查。

4

手术麻醉开始前，为了稳妥起见，我们先给老先生做了有创肺动脉漂浮导管检查，这样就能准确、直接地测出他的肺动脉压力和肺血管阻力。

老先生的情况实在太差了，在计算结果的过程中，监护仪竟然直接发出尖锐的报警声，真正的爆表！屏幕上显示着令人咋舌的数字，他的肺血管阻力大于最高值10个Wood单位，更精准的经食管超声心动图也显示二尖瓣后叶大面积脱垂，反流程度极为严重。

在如此恶劣的情况下开始手术，令我心中不由多了几分紧张，但现在是箭在弦上，不得不发，我也只剩下华山一条路了。

"那就准备开始手术吧。"我深吸一口气，对麻醉师说，似乎也是给自己下令。手术室是没有硝烟的战场，纵使不见炮火，但一样生死攸关，步步如履薄冰。

第一步，麻醉师要用药让老先生的肌肉放松，睡着，然后进行气管插管。这里的难点在于诱导过程中的用药会有轻微的心脏抑制，对于大多数患者是没有问题的，但对于老先生这种本就站在悬崖边上的患者，任何风吹草动都可能造成无法挽回的后果。

"注意诱导时的血压，尽量少用麻醉药，提前用肾上腺素。"我再三嘱咐麻醉师，尽管她早已准备好一切。老先生被注射了最小剂量的麻醉药。很快，他的血压就开始下降，肺动脉压力开始逐渐上升。

　　我和麻醉师的眼睛紧紧地盯着监护仪的屏幕，监护仪上的数字一增一减地变化着，麻醉师额头渗出细细的汗珠，她手里握着几只抽满了强心剂的针筒，一边用药一边观察着老先生的血压变化。

　　终于，老先生的动脉压变成了70mmHg，而肺动脉压力飙升到120mmHg，彻底"反超"！这是一个关键时刻——如果老先生的心率再下降，他的血液循环就会被彻底"憋住"，心跳也将立即停止！

　　我万分紧张地站在患者旁边，脑子却在高速运转着、计算着，准备随时冲上去抢救，给他做胸外心脏按压。还好，在这千钧一发之际，老先生的血压终于止跌回升了。

　　"快快快！"顾不上大喘一口气，我那带着微微的颤抖的声音打破了紧张到极点的手术室的安静，"赶紧消毒，铺无菌单，开胸！"

一瞬间，手术室里像被按了快进键，所有人高强度地忙碌起来。我用最快的速度以正中切口显露出老先生的心脏。他的心脏胀得厉害，肺动脉比主动脉还要粗，手指摸上去，张力和主动脉相差无几。

"快，缝主动脉荷包，建立体外循环"我对器械护士低声说。手术室里再次安静下来，只有护士把器械递到我手上的声音。

5

"开始体外循环吧，关掉呼吸机，灌注停搏液。"我低声和体外循环师、麻醉师沟通着。现在，体外循环师接管了麻醉师的工作，人工心肺临时代替了老先生的心肺，卖力地工作着，老先生暂时安全了。但距离手术结束还远，前方还埋伏着很多凶险和危机。

接下来我要做的，是在最短的时间内解除二尖瓣反流。切开右心房、房间隔，老先生病变的二尖瓣显露在我面前，正如超声所示，二尖瓣后叶大面积脱垂，情况非常严重。

最简单的办法是直接置换人工瓣膜，手术简单，效果确切。但从长期来看，人工瓣膜的效果肯定不如修复，对老先生来说最好的办法肯定是修复。然而，修复瓣膜极其麻烦且危险，如果修复不成功，再置换就会增加手术时间，也就意味着增加手术风险，对我非常不利。

怎么做？怎么选？我心里一瞬间闪过一万个念头，做医生就是这样，有时候可以两全其美，有时候对患者好了自己就要担风险。

对于如此信任我的患者，我想为他搏一次。

没有过多的犹豫，再次仔细探查患者的瓣膜后，我很快就决定在力所能及的范围内给老先生一个机会。不幸中的万幸，老先生瓣膜的脱垂部分已经变得比较累赘了，给修复创造了便利条件。

"给我弹簧持针器。"我用最简单、确切的方法直接把脱垂部位缝合起米，然后嘱托器械护士进行打水测试。水经过瓣膜进入左心室，滴水不漏，而且瓣膜的形态也很漂亮——瓣膜修复的结果竟比我预估的还要好！我与助手无言对视，露出心领神会的默契笑容。

美！太美了！我有些小自豪，是我完成了这么完美的瓣膜修复，是我又一次挽救了一个不幸的家庭。

6

接下去的手术过程就很常规了，放置成形环，关闭房间隔，三尖瓣修复，开放阻断钳，心脏重新跳动起来。

"阻断时间？"我侧身问身后的体外循环师。

"41分钟。"她干脆利落地答。

还好，这么短的时间里修复好了两个瓣膜，我已经为老先生的恢复创造了最好条件，对得起他以命相搏的信任了。吊在嗓子眼儿里的那口气舒展开，这时我才感到一股浪潮般的疲倦向我沉重地扑来，但我还不可以放松，因为接下来还要通过超声再次确认瓣膜修复情况，最重要的是要确保老先生的心肺能脱离体外循环机独立工作。

心脏自动复跳以后，心脏超声确认原来病变严重的二尖瓣未见反流，开放充分，功能完美。

很好，紧接着就是最关键的一步：帮助老先生脱离体外循环机。

我和麻醉师、体外循环师密切交流着，强心剂，降低肺动脉压力的药物全部就位，呼吸机全力支持，体外循环机的流量逐渐减小，从4升递减到2升。

"心脏胀吗？"体外循环师问道。

"可以，跳得不错！"我的声音些许上扬，"继续减流量，麻醉师，药再加一点儿。"

监护仪上的数值一点儿、一点儿变化着，老先生的血压慢慢上升到100mmHg，肺动脉压力80mmHg，血氧100%，不错。

"停下来试一下吧。"我冷静道，并叮嘱麻醉师注意观察。

"好，体外循环机停了！"体外循环师大声道。

事情果然没那么顺利，体外循环机一停，老先生的血氧饱和度很快就从100%下降到96%，而肺动脉压力从80mmHg开始逐渐升高，90mmHg、100mmHg……又超过了主动脉压力，心脏又慢慢胀起来，手术室又进入紧张时刻——看来现在还无法停掉体外循环机。

这个结果还算在我的意料之中：老先生重度肺动脉高压，是长时间二尖瓣反流造成肺淤血导致的，尽管手术解除了二尖瓣反流，尽管有体外循环机的帮助，但肺血管的病变肯定不是一下子就能解决的。

我无奈地皱皱眉说："再开始体外循环吧，放空心脏，让他再休息一会儿。"

"我去把一氧化氮取过来吧。"麻醉师说。

终于，经过半小时的辅助循环，加上用一氧化氮降低肺动脉压力，老先生的心脏跳得越来越轻松，肺动脉压力也停止升高。体外循环机终于可以停下来了，手术顺利结束，老先生平安回到监护室。

第二天早晨，我早早赶到医院。

监护仪的反光映照出我有些疲惫的身影，但我却忍不住扬起了笑容，因为老先生的血压已经恢复到120mmHg左右，肺动脉压力已经降到42mmHg，尿量也很多——这说明心脏的功能很好，外周脏器得到了充分灌注，手术彻底成功了！

与此同时，见是我来，老先生的子女迅速围了过来，急迫地向我询问亲人的情况。

我点头："放心，手术做好了，没事的。"然后我走到老先生的病床旁，出声唤他的名字。

"嗨，醒醒！"

老先生由半寐醒来，睁开眼看着我。一缕阳光照进监护室，照在这个曾经被别人判了"死刑"的老人身上。由于气管插管，他不能说话，但从他的眼睛里，我看到了绝处逢生的喜悦。

"怎么样？治好了，没出事，不怪我吧？"想起就诊时他对我说的那句话，我半分戏谑半分自豪地开玩笑，早想把这句话还给他了，我还是有几分本事的！

老先生眨眨眼，虽然没有说话，但我想我们都懂得彼此的意思。我微笑着抓住他的手，有些粗糙，却温暖而有力，这股生命力让我感到心安和骄傲，又把一个患者从悬崖边拉了回来，九死一生，我得替我自己鼓个掌，也得替老先生鼓个掌——是他们一家对我的信任鼓励着我，是大家一起努力才有了这个结果。

7

回忆停了下来，一切又回到此刻——美好的周末，令人惬意的公园。

"老先生最近还不错吧？"等眼前的阿姨说完，我寒暄道。不，不应该称呼她为阿姨，而应该叫她老先生的女儿。

"谢谢杨医生关心，很不错，他一直挂念着你，说你帮助我们家好多！"

"那就好！"

我由衷替他们一家感到高兴，也慢慢小幅度活动起来，准备告别这位"旧友"，继续我的周末慢跑。

公园里有群鸟啁啾，有绿荫环绕，有不绝于耳的欢声笑语……这一切都透露着生命的活力，令我感到心中像是有一团炽热的火焰在燃烧，使我充满了力量。

我如此热爱我的职业，尽管它时常令我身处险境，面对风险。但我依然热爱这种救死扶伤的感觉，究其原因，我想大概是因为我发自内心地热爱生命，热爱美好。

轻盈的脚步缓慢而平稳地踏在坚实的大地上，我向前跑去。

差一点儿，她就成了孤儿

这件事已经过去很久了，但我偶尔还会想起这个姑娘脸上淡淡的笑容和坚毅的眼神：好一朵铿锵玫瑰！大概，她已经习惯了照顾爸爸，习惯了独自去面对生活中的种种挑战，习惯了担起只有两个人的家庭的重担。

1

今天门诊患者格外多，熙熙攘攘围坐在诊室外，隔着门也能隐约听到他们的走动声、私语声。一番忙碌下来，我的鬓角渗出些许薄汗，尚来不及擦拭，便迎来了下一位患者——一位穿着朴素的姑娘搀扶着一位头发花白的老先生，老先生颤巍巍地挪进了来。看起来是一对父女，其中的父亲遍布沟壑的面孔上布满痛楚，一旁身材娇小的女儿则眉头微蹙，但眼神清明，流露出一丝坚毅之色。

谁是患者已经不言而喻，我赶紧邀请他们落座，并接过那女孩递过来的手机：那是一张胸部增强CT的照片，尽管只有一张图片，但足够让我清楚地看到患者的胸主动脉有明显扩张。最为特别的是，瘤样增粗的升主动脉像是伸出了一个"小手指"，伸到胸前的肋间。

心里升起一团疑云，我赶紧对女孩道："把你爸爸的衣服拉起来，我看看。"

伸手触碰老先生胸骨右缘第三肋间，摸索着，果然感觉到一个正在搏动的包块。我不禁打了个激灵，在我30年的职业生涯中，这是第一次在肋骨间隙摸到了升主动脉的搏动。按道理来说，心脏和连接心脏的升主动脉位于胸腔深处，被肋骨和脊柱组成的胸廓保护，正常情况下是绝对不可能从体表摸到的。

我轻轻按压了一下，耳畔传来老先生倒吸一口冷气的声音："痛！"

他的女儿在一旁紧紧挽着他，浑身紧绷，眼神滚烫："杨医生，我爸爸怎么样？"

我沉吟片刻，老先生患的疾病，的确有些罕见而危险——由于升主动脉瘤样扩张，局部发生了破裂，形成假性动脉瘤，也就是我在照片中看到的那个"小手指"。不幸的是，由于破裂的位置正好位于肋间，如果破裂继续，老先生很有可能在一瞬间因为大出血而死亡。

看着眼前神色焦灼的一老一小，我没有立刻回答他们的疑问，而是涌起对他们的担忧：这势单力薄的两人，如何应对接下来的一场恶战？话到嘴边，应势而出："你爸爸这么不好，你妈妈没来吗？"

女孩神色黯了黯，声音有些低沉："我妈妈在我小时候就生病走了。"

"那你有没有兄弟姐妹啊？"我一时语塞，顿了顿，又追问。

眼前身材娇小的女孩又摇摇头："没有的，家里就我和爸爸两个人。"

交谈间，桌上女孩的手机屏幕黯淡了下来，我这才注意到这是一部被使用多年的老旧手机，手机边缘有些斑驳掉漆，但屏幕上却不见裂缝，想必平时被爱护得很好，手机的主人一定很节俭。

我不禁唏嘘，眼前是一对相依为命的父女，在飘摇风雨中，父亲耗尽毕生心血将女儿拉扯大，女儿乖巧懂事，渐渐长大，拥有了反哺至亲的能力。本来一切都该渐渐好起来，可现在，父亲重疾缠身，情况凶险，一旦出现意外，这个女孩子就将成为一个没有亲人的孤儿……思虑及此，我身为一名父亲的同理心袭上心头，不忍再想。

2

收敛心神，我直视着他们的眼睛说道："你爸爸的毛病很危险，需要尽早手术，否则动脉瘤随时有破裂的危险，今天先入院吧。"

出乎我意料的是，姑娘虽然看着年纪轻轻，却没有惊慌，而是非常镇定地问我下一步该如何操作："杨医生，我们的CT片子还没拿到，我应该怎么办？"

我万分佩服这个坚强的姑娘，拿出纸笔迅速写下一张待办清单，按顺序将需要做的事列得分明。末了还是不放心，又把我的手机号码写在最后面。

　　"到做CT检查的医院拿到片子，然后过来住院！"我把纸递给她，"听懂了吗？过会儿门诊就结束了，有问题随时给我打电话。"

　　"懂了！谢谢杨医生！"女孩点着头接过这张清单，仔仔细细从上看到下，看到结尾处的手机号码，语气更是轻快了不少。不过很快，她就有些犹豫地咬咬唇，试探着问道："杨医生，我让我爸爸先在这里等好吗？我怕他走动不方便……"

　　真是个懂事善良的孩子。我点点头，又嘱托再三。虽然留了我的手机号码，但我更希望他们能一切顺利，不必因为遇到问题而联系我。

　　可惜事与愿违，晚上6点多女孩的电话就拨来了。电话那边是疲惫、嘶哑，又无比焦急的声音，想来是匆匆忙忙奔波了一大阵，即使如此，开口她仍然彬彬有礼："杨医生，不好

这么大的
肿瘤啊！
千万别
破裂啊！

手术成功了！
就连都江阿姨
的眼角都沦起
了泪光。
病房里洋溢着一股暖洋洋
的气息。这个晨曦更动人。

意思打扰您。我来晚了，片子拿不到了，我该怎么办啊？"

心中替她着急，但缺乏必要材料也的确难以入院，我思忖片刻："这样，我想想办法再打给你。"然而，等我都联系好再打给她时，她的电话却已经关机了。

耳畔回响着机械的女声"您所拨打的电话已关机"，我有些着急。没有人比我更清楚她父亲的情况是何等危急了，老先生的生命危如累卵，动脉瘤随时可能破裂。此时此刻联系不上人，不免让我担忧他们那边是不是遇到了什么问题：会不会是假性动脉瘤已经破裂，只是和周围组织粘连在一起而没有大出血？

但愿没有，但愿她会接电话……紧握着手机，我再次尝试联系她，但还是关机。万般无奈，我只好发条短信给她，告诉她遇到紧急情况可以到心外科急诊绿色通道就诊。

好在令人如坐针毡的20分钟后，我的手机传来震动，是她回复的消息："谢谢杨医生，当时不知所措，入院处也关门了，所以我们先回家了，明天早上再来办理入院手续。"

知道他们还平安，我终于稍稍放下心。

3

入院以后，经过详细的术前检查，明确了老先生是由于一种特殊的炎症导致的主动脉瘤，累及主动脉根部、主动脉瓣、升主动脉、主动脉弓和降主动脉起始部，动脉瘤最粗部位直径达10厘米。

我们用最快的速度进行了手术，为了防止开胸时动脉瘤破裂，我们先经过外周的股动脉、腋动脉和股静脉建立并开始体外循环，然后再小心翼翼地打开胸腔。

无影灯下，尽管早有思想准备，但豁然出现于眼前的巨大动脉瘤还是让我大吃一惊，瘤子像一颗恶魔的赤红果实，几乎占据了老先生整个心包腔，下端已经到了胸腹结合部的膈肌，心脏被挤到了旁边的一个角落里。

我不禁惊道："好大的瘤子！"

小心翼翼切开主动脉，动脉瘤的破口直径竟然有2厘米，不敢想象万一破裂，这个小小的家庭会是如何痛苦。自幼失去母亲的女孩，又失去父亲，余生要如何度过……好险！还好我们跑在了死神的前面，挽救了一个生命，更护卫了一个家庭的完整。

为了保证患者的远期疗效，手术中置换了老先生的主动脉瓣膜、升主动脉、主动脉弓，并在降主动脉放置了支架，做到了最彻底的治疗。

手术进行得很顺利，6个小时就结束了。护送患者回到监护室，走出监护室大门时，迎头碰到那个早在门外等候多时的女孩。见我们出来，她慌忙起身，在侧边站定了对我们深深鞠了一躬。

"手术挺顺利的，应该问题不大。"我舒了一口气，安慰她。

眼神交错间，我看到她的脸色因为连日奔波而有些憔悴，但眼神一如初见时清澈，装满了诚恳的谢意："谢谢您，医生。"

4

转眼间，一个星期过去了，老先生恢复得很顺利，他家小姑娘脸上的笑容也一天天多起来。

又是个明媚的早晨，我一大早便来查房。阳光顺着轻纱窗帘柔柔地照射进病房里，铺满早已被收拾得整整齐齐的洁白床被。病床上没有人，不知何时，父女两个已经换上自己的衣服，整理好行李，装好行李箱，整装待发。

不过，好像他们已经等待多时——是在等我吗？

再一次给老先生做了查体，叮嘱了回家以后的注意事项，我转身准备离开。突然，小姑娘又鞠了一躬："谢谢你，杨医生，谢谢你救了我爸爸。"这一幕，让我想起7天前在手术室外的场景，不过现在，他的爸爸已经恢复得很好，走出病房，他们又是健康的一家人了。

"这是我应该做的。"我笑着接过话，"而且，我很欣赏你，小姑娘，很坚强！穷人的孩子早当家啊。"

这时，从不说话的护工阿姨也插话了："医生，人家不一定穷。但是，这个孩子真的太懂事了，手术后这几天都是她在这里，不分昼夜照顾爸爸，太懂事了……"护工阿姨反反复复叨念着"懂事"二字，说着说着，眼角还泛出了泪光，病房里洋溢着一股暖洋洋的气息，远比晨曦更动人。

我看到护工阿姨不好意思地擦干眼泪，又转头看到小姑娘，脸上仍然是那种淡淡的笑意，为这个幸福的收场庆幸不已：还好我们救回了老先生，让一个已经失去母亲的女孩，可以继续和她爱的，也疼爱她的父亲相依为命。

这件事已经过去很久了，但我偶尔还会想起这个姑娘脸上淡淡的笑容和坚毅的眼神：好一朵铿锵玫瑰！大概，她已经习惯了照顾爸爸，习惯了独自去面对生活中的种种挑战，习惯了担起只有两个人的家庭的重担。

希望别后他们依旧很好。

一场咳嗽背后的真相

我曾经说过很多次：有些时候做医生的快乐源自被称赞、被认可时的骄傲；有些时候源自一次次用自己的能力帮助患者的满足；还有些时候，像这次一样，源自破案般的成就感。

1

　　窗外蝉鸣阵阵，一丝带着余热的晚风顺着窗沿的缝隙挤进屋内。我脱下工作时穿着的外套，打开桌角那盏台灯，然后掏出手机坐了下来——我总习惯在下班后再看看患者发来的消息，逐一回复、答疑。这对我来说是举手之劳，但对生了病的患者来说却是解了燃眉之急，轻松帮了人家大忙，何乐而不为？

　　这天夜里，我如常翻阅患者发来的信息，一条发于2小时前的患者的心脏超声报告引起了我的注意：这是一位年轻的二尖瓣脱垂、重度反流患者，名叫小张。

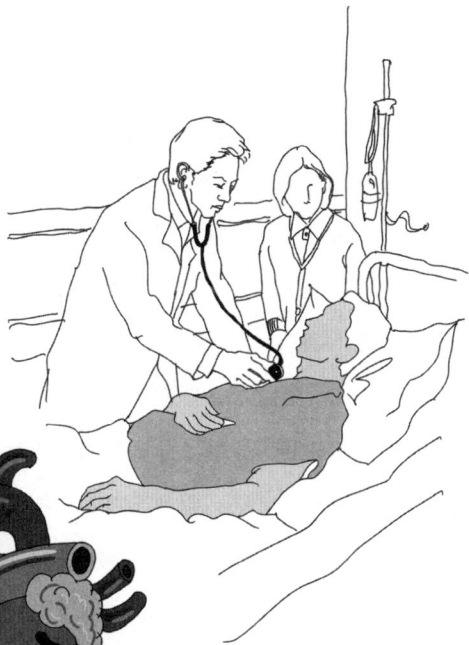

● 做医生的快乐，
源自被称赞、认可
时的骄傲，也源自我
一次次用自己的能力
帮助了他人的满足

"怎么发现的？有什么症状？"指尖飞舞，我在发着轻柔荧光的手机屏幕上敲出几个字。

屏幕那边的人，显然一直关注着我这儿的风吹草动，信息发出去不过短短两三分钟，那边就迅速回复了："杨医生你好，上周我老公做脾脏切除手术的时候发现的！"

噢，脾脏切除手术？我心知脾破裂往往是由于外伤造成的，于是追问道："出车祸了？还是受外伤了？"

"都没有，就是晚上咳嗽，然后我老公一直说肚子痛。去了医院一查就是脾破裂，让开刀把脾切除了。"家属说得真真切切，我却不相信：普通的咳嗽，怎么可能堪比外伤的力度，竟然能让脾脏破裂？

"真的啊，杨医生，我没骗你。"对面又发来一句话，一字一句，透露着真切与委屈。

静谧的夏夜里，一场线上问诊悄然上演着，虽言简意赅，但与经验相悖的事实，却让一团墨似的浓稠疑云渐渐浮现。我又仔细看了看小张的心脏超声报告，明明白白确实是二尖瓣脱垂、重度二尖瓣反流，有手术指征。

"那你们过来看看吧，需要手术的，等我有床位通知你们。"我敲下几个字，揉揉眼睛准备结束今天的工作。往来几句话，竟然已至夜里10时。

2

从线上到线下，见到小张本人已经是10天后了。

本该身强力健的34岁年轻人由于刚刚经历了脾切除手术，正胡子拉碴地半躺在病床上，暗黄的面色在洁白被单的映衬下显得更加毫无血色，一眼望去便知他的虚弱。他的妻子端坐在一旁，见我来便迅速站起来叫我。

"我听听。"我拿出听诊器贴到他瘦弱的胸壁上，响亮的收缩期杂音传来，我不由沉声道，"反流很严重。"

这的确是一个需要尽快手术的患者，但埋在我心底的疑窦尚未解开：一场咳嗽怎么会把脾脏咳破了呢？不弄清楚这个问题，我不想贸然手术。于是拜托他的主治医生替他安排了更详细、周密的检查，又慎之又慎地联系了擅长心脏超声的专家一起看检查报告。

"杨成，这个患者发热吗？"多年的搭档问道。

"不发热。"我肯定地回答。

"但是他的二尖瓣上有很多赘生物，是心内膜炎哟。"

搭档的一句话瞬间点醒了我，我瞬即兴奋地拍着大腿，喃喃出声："噢，心内膜炎、心内膜炎……我懂了、我懂了，这下都能解释通了！"

脾脏破裂也好，二尖瓣脱垂也好，重度二尖瓣反流也好，一切的起因，都是由于二尖瓣感染，使患者患上了感染性心内膜炎！

明修栈道，他感染的细菌很狡猾，毒性不是很强，所以没有出现心内膜炎最常见的高热；暗度陈仓，这个细菌感染却造成了二尖瓣的损坏，形成了赘生物和二尖瓣腱索断裂，造成二尖瓣关闭不全，诱发了严重的心力衰竭。心力衰竭的临床表现就是晚上不能平卧、剧烈咳嗽，这恰恰印证了患者家属先前告诉我的话。

接下来，就是感染形成的赘生物随着心脏的跳动脱落，随血液循环，恰巧堵在脾动脉的开口，造成了脾梗死。梗死的脾脏异常脆弱，伴随着患者因心力衰竭引发的剧烈咳嗽，自然而然就破裂了。

表面上看，是一场咳嗽引发的脾脏破裂和二尖瓣脱垂、重度二尖瓣反流，实际上，这一串连锁反应的罪魁祸首就是感染性心内膜炎：它引发了心力衰竭，表现为咳嗽；造成了赘生物脱落，导致脾梗死。

至此，我终于理清了纠缠在我心头的乱线，搞清了前因后果，可以按照流程进行治疗了。

3

接下来的这一切，我再熟稔不过，先用抗生素控制感染，血培养转为阴性以后就可以进行微创手术了。另外，由于小张体格比较大，心脏和一般人有些不一样，所以手术的具体操作会有所不同，这里就不再赘述了。

总之，手术很顺利，小张术后呼吸明显改善，他的妻子拉着我连声道谢。查房离开时，我隐约听到夫妻俩的窃窃私语。

"这次好险，我一直以为是咳嗽引起的，没想到是那个什么心内膜炎，这么严重。"

"是啊，多亏了杨医生，他好专业。"

听闻他们的悄悄话，我抿抿嘴唇憋着笑，挺直了背走出病房。

我曾经说过很多次：有些时候做医生的快乐源自被称赞、被认可时的骄傲；有些时候源自一次次用自己的能力帮助患者的满足；还有些时候，像这次一样，源自破案般的成就感。

患者没有专业的医学知识，分不清不同症状与病因之间的逻辑，只能主观陈述自己的所感、所见，医生对患者进行细致查体，望闻问切，这一步就像询问证人。

然后，医生会用各种精密、先进的仪器对患者进行进一步检查，这一步就像用放大镜寻找案发现场的蛛丝马迹，眼见方为实。

　　接下来，医生会根据患者提供的信息和检查报告，透过表象弄清来龙去脉，深入思考病因，这一步就像是根据线索进行推理，排除所有的不可能，找到唯一的真相。

　　最后，医生胸有成竹地治好患者，如同将"凶手"捉拿归案。

　　从这个角度来说，医者可不就是寻求"健康正义"的侦探吗？

老张的故事

我知道，我们之间已经有了一个关乎生死的故事，有点儿离奇，但还好以善为终。幸好是顺利结束，我才能在此刻微笑着问他："你想知道在外院那次，他们是如何抢救你的吗？"这次，轮到我来讲述老张的故事了……

1

心脏作为人体最重要的器官，关乎一个人的生死。为了重点保护它，人体不仅在心脏外面安排了外衣——由心包、胸膜、肺等纵隔组织包裹，还在外面安排了胸骨、肋骨、脊椎构成的骨性胸廓保护它，可谓是层层包裹，严防死守。

可是，我遇到的这个患者，心脏居然紧紧贴在肋骨上，无法搬动。这是怎么回事？

故事还得从门诊开始说起。依然是一个寻常的周一上午门诊，阳光如丝缎般倾泻进房间，而我的眼前坐着一位形容枯槁的老人。他颤颤巍巍地坐下来，将手里一沓厚厚的病历轻放到桌上。

"请坐，什么情况？"我与他对视，阳光的余韵擦过他的面庞，却依然不能在那双分外萎靡的双眼里激荡起一丝光亮。他疲惫地叹口气，烟一般的哀愁融化到阳光里，化作一段往事："杨医生，我的故事，可就说来话长了。"

"别急，说来我听听。"

"那我慢慢和你说啊。"

我一边仔细听着，一边用大拇指摩挲过桌上那叠厚厚的检查材料。翻开第一页，便看见了他的名字：张凯胜。

2

老张今年67岁，半年前，因为肺癌在某医院做手术切除了左肺下叶。不幸的是，手术中出现了危险，幸运的是，最终他被抢救过来了——讲到这一段时他眉头紧蹙，脸上闪过一抹阴霾。但我顾不得纠缠在他心头的余悸，只在本能的驱使下追问道："什么危险？怎么抢救的？你仔细说说。"

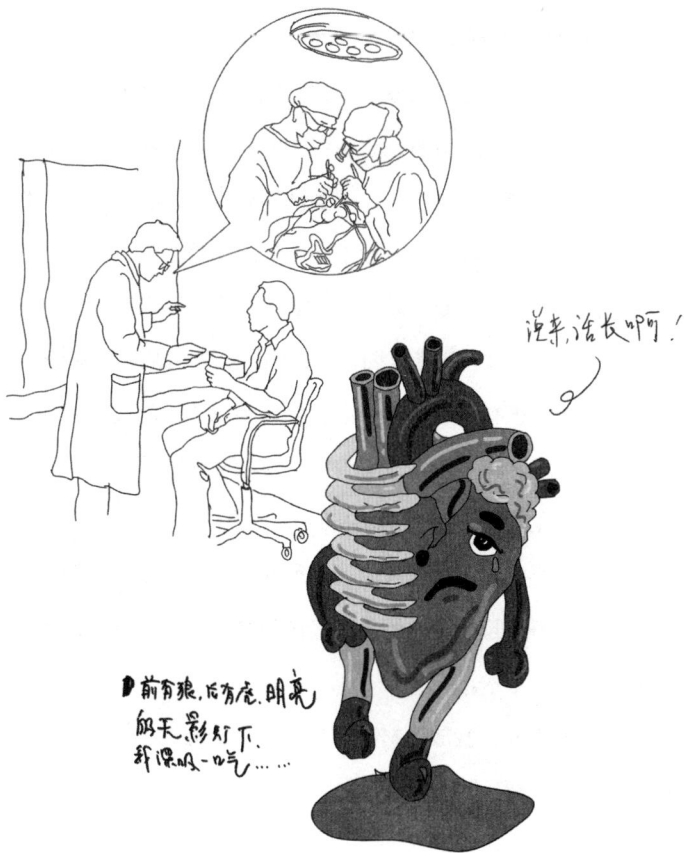

说来话长啊！

前有狼，后有虎，明亮
的无影灯下，
我深吸一口气......

"这……我也说不清楚，反正医生说我心脏停搏了。"他思忖片刻后，陷入沉默。

老张并没有提供太多有用的信息，材料上关于抢救的记录也不多，只简单写着："患者胸腔镜左肺下叶切除术中，突发室颤，给予心脏按压，辅助循环后恢复，建议出院后心脏科会诊。"寥寥数言，看不出做的是胸外心脏按压还是开胸直接按摩心脏，如何进行辅助循环也不得而知。

不过，材料清楚地揭示了他手术发生的意外究竟为何——老张患有严重的冠心病，肺癌手术的血压波动和他自身的冠状动脉狭窄因素，导致了心脏骤发严重缺血，从而发生致命的心室颤动。不幸中的万幸，经过抢救，他死里逃生。但冠心病的问题并没有得到彻底解决，由于老张的冠状动脉狭窄严重且广泛，不能进行内科介入治疗，这才找到我希望做搭桥手术。

听到这儿，我放下材料起身绕过桌子对他说："来，放轻松，我看看。"

老张缓慢地掀起自己的衣服，一段长约10厘米的手术切口狰狞地山现在我眼前，昭示着他曾受过的苦痛。我暗道有些棘手，帮他把衣服重新整理好后说："先住院检查一下吧。"

3

老张的情况必然需要一场手术。术前检查显示他没有其他异常，除了由于左肺下叶切除后心脏极度偏左。但心脏移位这一点格外难办，这会让术中搬动心脏进行不停跳搭桥变得格外困难。考虑到这一点，我决定采用"在体外循环辅助下并行循环搭桥手术"的方案。

术中打开心包，心脏确实向左移位，可是当我试图搬动心脏，让冠状动脉显露出来的时候，却发现心脏像是被固定住了一样，完全不能搬动。心头闪过一丝疑云，但手却一刻不停地在建立体外循环，只有这样才能仔细分离心脏粘连。

手术进行得缓慢而艰难，心底的凝重也愈发使我感到压抑，老张的心脏紧紧粘连在左侧组织上，非常深，分不清楚粘连的是心包、是肺，还是什么。我暂且抛开疑虑，全神贯注于手中的要事，但突然间，在我分离的电刀上居然出现了骨性组织——这完全不合常理，心脏和肋骨之间隔着包裹着心脏的心包和肺组织，所以手术中我们是看不到肋骨的。特别是心脏，更不可能和肋骨紧紧粘连在一起。

但这不合理的一幕实打实地发生在我眼前，来不及仔细探究不合理的原因，我的惊异已经脱口而出："啊！是肋骨？"这一声惊呼瞬间就吸引了正在一旁的医生，他也满脸不可置信地探过头来："啊！不会吧，你居然看到肋骨了？"

我肯定地点头，同时调动满脑子中的所学、所见，想要找出不合常理背后的真相，像是要在浩瀚的宇宙中找到一颗不同寻常的星星。我回忆起老张出院小结材料上的一段话："患者胸腔镜左肺下叶切除术中，突发室颤，给予心脏按压，辅助循环后恢复。"

"难怪！他们是切开心包直接按摩心脏的！"我恍然大悟。如果人生是部电影，这瞬间时间一定会暂停，而画面则会切换到半年前老张做的那场手术。像时间回溯一样，我终于知道了半年前的手术中发生了什么。

　　一开始，他们本打算经过胸腔镜用小切口切除左肺下叶，谁料手术中老张发生室颤，他们被迫要采取心脏按压以维持血压。又由于胸腔内直接按摩心脏效果会更好，于是他们扩大手术切口，切开心包，把手伸进胸腔直接按摩心脏。

　　遗憾的是，尽管抢救成功，却也对心脏表面造成了损伤，加上又切开了包裹心脏的心包、切除了隔开心脏和胸壁的左肺下叶，心脏就直接和胸壁的肋骨碰到一起，直接按摩导致心脏表面的心外膜受到损伤，更容易发生粘连，于是经过半年的时间，心脏就紧紧粘在了肋骨上。

　　这，就是半年前发生的一切。

4

知道了原因，下一步就是怎么解决眼前的问题。

"能完全分离下来就好了。"我沉住气对自己说，可是眼前的情况却不容乐观：老张的心脏极度偏左，从切口看粘连的地方非常深，显露很差。如果强行分离，很可能出现心脏破裂。更糟糕的是，由于粘连，一旦发生破裂则基本无法修补。

前有狼，后有虎，明亮的无影灯下，我深吸一口气重振思路：老张虽然是冠状动脉三支病变，但主要是前降支和后降支，即使不冒风险继续分离粘连，也可以完成这两根血管的搭桥手术。即使未能搭桥的回旋支将来出现问题，也可以通过内科介入治疗，无论怎么看，风险都比强行分离粘连小很多。

那么，就没有必要继续分离了。于是，我停下分离的手，转而分别在病变严重的前降支和后降支搭桥，桥血管血流很好，手术顺利结束了。

几个月以后老张来复查，还是个暖意融融，微风轻拂的早晨。他不再似初见时消沉，阳光掠过他眼瞳会留下了金闪闪的光芒。清风吹过时，恰逢他眼角的笑纹扬起，细说着他恢复得还不错。

　　我知道，我们之间已经有了一个关乎生死的故事，有点儿离奇，但还好以善为终。幸好是顺利结束，我才能在此刻微笑着问他："你想知道在外院那次，他们是如何抢救你的吗？"这次，轮到我来讲述老张的故事了……

没说出口的道别

我很难过，不敢再看他的家人，害怕看到他们悲伤的面庞。但是我并不遗憾，医学不是万能的，有时候，我们只能眼睁睁地看着一个生命就此离去。在残酷的生老病死面前，医生能做的就是竭尽全力，就像园丁尽心尽力去浇灌生命的种子，给它们阳光雨露，但最后，不是每一颗种子都能发芽、开花。

1

他是个三十来岁的年轻小伙儿，昆山人，结婚没几年，已与爱妻生下一双活泼可爱的儿女。儿子能自己摇摇晃晃地走路，看到人会笑着伸手，看着甚是伶俐乖巧。小女儿还抱在妈妈手上，眼睛滴溜溜地转，脸蛋粉嫩嫩的，可爱极了。

但我初次见到他，却是在氛围紧张的急诊室。

急诊室外坐着的家属面如菜色，宛若惊弓之鸟。急诊室内，瘦削如柴的他正用呼吸机辅助呼吸，血压偏低。我摸了摸他的手，湿冷的触感顺着指尖、掌心传递过来：这个小伙子外周灌注不良，是严重心力衰竭的典型表现。

心一沉，我用有些催促的语气让他的父母把心脏超声报告递给我看，他惴惴不安的父母慌忙将一叠材料猛地戳到我手上，直愣愣的动作昭示着他们是如何惶恐不安。

顾不得被锋利纸张划破手指的疼痛，我匆匆翻阅起他的心脏超声报告：资料显示他是一个马方综合征患者，主动脉根部瘤，加上重度主动脉瓣反流。然而比起他那积重难返的左心室问题，这些都不算严重和重要——由于重度主动脉瓣反流，他的左心室舒张期直径达到了92毫米。

这是什么概念？

正常人的左心室直径在40~50毫米，而左心室的形状是立体的，所以92毫米的直径代表的不是2倍的长度差距，而是8倍的容积差距！也就是说，他的左心室已经是正常人的8倍了！何其恐怖！

虽说心肌细胞就像橡皮筋，可以在一定范围内拉长，但是如果拉得太长，就难以恢复了，难以提供人体需要的收缩力。更何况是他这样令人咋舌的8倍的容积差。

"杨医生，救救我，我的孩子还小。"他冰冷的手拉着我，虚弱地向我祈求着生命的希望。

"你什么时候知道的？怎么才来？"

"早就知道了，害怕手术，自己也觉得还行，就没来。"

短短几个字透露着他的懊悔，我知道其实他是自己耽误了病情，可是现在责怪也好，遗憾也罢，已经于事无补了。他言语中"孩子"两个字像一根尖刺扎入我的心，我竭尽全力想要挽救这个摇摇欲坠的家庭。

2

解决问题的方法只有手术，我纠结的是手术方式——瓣膜置换还是心脏移植？

瓣膜置换，可以立即进行手术，解决瓣膜的问题，避免心脏移植供体短缺和术后长期服用抗排斥药的问题，但是如果术后左心室不能回缩，心脏功能就可能无法恢复。

心脏移植，移植以后心功能可以恢复，但是要等待供体，而以他现在心力衰竭的严重程度判断，是等不起的。即便顺利手术，术后他依然要终身服用抗排斥药。

经过全科会诊，和家属全面交流，最终决定做换瓣手术。

考虑到这么大的心脏很可能在手术中不能撤离体外循环机，术前，我们准备了ECMO（体外膜肺氧合）以便在手术中替代心肺功能。手术挺顺利，直接脱离了体外循环的辅助，顺利停机。

这让我们心中燃起了希望，按照一般经验，他也许可以活下来。

走出手术室的时候，他全家都等在门口，祈求家里的顶梁柱能逃过这一劫，祈求本该和和美美的一家人不要阴阳不见，从此两隔。

术后第二天，他醒了，气管插管也拔掉了。在一些强心药的支持下，尽管人显得虚弱，但是他已经可以对着窗外的一双儿女微笑挥手了。

●人生下来就在排队等待死亡，医生的作用就是把插队的人抓回来，只要我们重对每个患者救治不会出现任何后果，就就没有遗憾了！

3

然而，病情恢复得并不是十分顺利。

他的血压波动着下降，尿量也减少了。于是我们只能不断给他增加强心药的剂量，到后来，甚至只能再次气管插管、镇静。即便如此，他的情况也未有缓解。

现在只有再次动用ECMO，让他的心脏彻底休息，也许……还有一线机会。

那时已是春节，医院外张灯结彩，喜气洋洋，异乡的游子不远千里回到家乡，与至亲团聚。而他，却孤独地躺在监护室里，身上插满了各种管道，靠着人工心、人工肺维持着生命。监护室一墙之隔，生生隔开了本该在昆山老家欢度春节的一家人，对他们而言，这是一个令人刻骨铭心的春节，这是一个让人害怕，让人不敢想未来，不敢期待来年的春节。

转眼间，ECMO支持已经超过10天，小伙子的情况渐渐稳定下来，我们也逐步降低了体外生命支持的力度，让他的心脏重新工作起来。一切似乎在往好的方向发展，我的心里再次燃起希望，并再一次撤离了ECMO。

笑容再次浮现在他白纸似的脸上，我轻轻拉着他那双不再冰冷的手，用坚定的语气为他打气加油："我们肯定可以的，再恢复一下就可以回病房了，让你的家人陪着你、照顾你了。"

他缓缓地眨眼，好似回应了我的鼓励。但其实，我心里还有很多没有说出口的担心——我们已经穷尽了所有手段，即便如此，他这么大的心脏到目前为止依然没有显著缩小。这意味着风险始终存在。30岁的他生命宛如走钢丝，任何风吹草动，随时都可能将他推向万丈深渊，粉身碎骨，连抢救的机会都没有。

他，能顺顺利利走过这根钢丝吗？

我提心吊胆，但几天后的半夜我还是被监护室的电话惊醒了——他突发室颤，反复电除颤和胸外心脏按压之后依然未能恢复。那一刻，我惊慌失措，又镇定无比。1个月的煎熬，我的心里时刻悬着一块巨石。一步步走到现在，或许大家心里早就明白，早已在怀揣着希望的同时，做了最坏的打算。

夜半时分，我知道，他生命的烛光已经燃尽，在生死线上挣扎了1个月了，他累了。

"宣布死亡吧。"深吸一口气，我神色平静地对值班医生说。

4

他终归还是走了，带着很多不舍和眷恋，甚至来不及和自己的亲人道别。

不知道在生命的尽头，他有没有遥想过儿女长大成人后的样子，有没有幻想过他渐渐老去，两鬓如霜，与妻子一起拄着拐杖，而儿女都已经顺顺利利长大，甚至他还可能抱上孙子、孙女，一家人幸福无比。

也许，他根本没有想到那一步。即使他年幼的儿女可能都无法清楚记得爸爸的长相，但在父母心里，两个孩子永远是需要被他照顾的稚嫩模样。

我很难过，不敢再看他的家人，害怕看到他们悲伤的面庞。但是我并不遗憾，医学不是万能的，有时候，我们只能眼睁睁地看着一个生命就此离去。在残酷的生老病死面前，医生能做的就是竭尽全力，就像园丁尽心尽力去浇灌生命的种子，给它们阳光雨露，但最后，不是每一颗种子都能发芽、开花。

又一次面对至亲别离，我缄口不言，唯有黯然神伤。有句话说过：人生下来就在排队等待死亡，医生的作用是把插队的人抓回来。只要我们面对每一个患者都尽心尽力，出现任何结果，就都没有遗憾了。

心光不灭：信任的力量

我从这个被其他医院"判死刑"的患者身上看到了一丝转机，于是给了她一个机会，尽管这对于我是个很大的挑战，但现在看起来，很值得。世界很大，我鞭长莫及之处俯拾皆是，但也很小，患者找到我，给予我这份信任，我岂能辜负？

1

情况有些严峻。

我的眼神定在手中的心脏超声报告上，这是一份出自某知名医院心外科的报告，白纸黑字写着：61岁，女，重度主动脉瓣狭窄，左心室收缩力明显下降，射血分数25%。

是的，射血分数仅有25%，这是一个惊人的数字。

耳畔传来患者惶惶不安的轻声低语，我抬起眼帘，眼前是一双虬结交错、筋肉根根分明的手，这双手正紧紧攥着大腿处发旧的衣裤，微微地颤抖着。这双手来自一位长期务农的老实男人，曾面朝黄土背朝天耕耘不辍的男人接下来的话，却是如此令人同情："杨医生……我妈妈，还有救吗？"

一旁坐着的是他身材纤瘦的老母亲，眉眼低垂，看着甚是恭顺温良，满头的银丝已经有些稀疏。岁月苍苍，她早已不是那个身强力壮、顶天立地的母亲了。如今的她，是一个需要倚靠儿子的虚弱老人——这个患者，是已经退休的周教授交给我的。

半个月前，我接到周教授的电话，说他有个老患者的同乡性命垂危，在某医院被告知只有心脏移植才能救命。但家里经济条件有些捉襟见肘，做不起。所以想过来再看一下，看还有没有希望。

周老师是我多年的良师益友，曾经在一个医疗组工作，刚刚退休2年，我万万不敢怠慢，当即便答应下来："好的，周老师，让他来我门诊，我好好看看！"

患者如约找到了我。

尽管早已知道患者的情况不容乐观，但拿到她报告单的时候，我的内心还是狠狠一沉：射血分数是反映心脏功能最重要

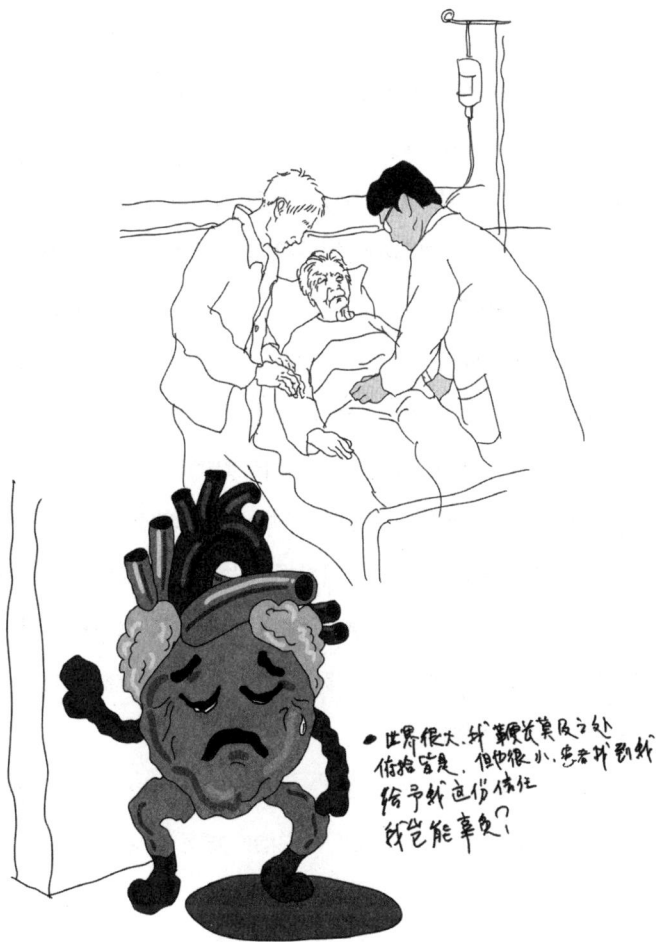

世界很大，我觉得无处处依靠安身，但也很小，患者找到我给予我这份体征我岂能辜负？

的指标，正常值在50%~70%。假如低于40%，就说明患者心脏功能很差，手术风险很大，如果低于30%，就说明十分高危，要很谨慎判断是否可以手术。但这位老母亲的射血分数，竟然仅有25%，比高危还高危，难怪之前的医院建议做心脏移植。

"实话实说，你妈妈的病情确实比较严重，上家医院建议你们做心脏移植是有道理的，你们怎么没做呢？"我问。

男人的表情变了，潮红瞬间从下颌烧到了他的耳根，他嗫嚅着："一个，是因为供体太少了，要等很久才能做，还有就是……"他咬咬唇，压抑着语气里复杂的情绪，"心脏移植太贵了，还要一直吃很贵的治疗排斥的药，我们做不起，只能开点儿药回家了。但是杨医生，我们想活下来啊！能不能救救我妈妈……"他的眼睛里倒映出我的模样，那憔悴的瞳孔里，伴随着男人破碎的字句涌起一片温热的浪花，逐渐淹没了我的倒影。

我赶紧递过几张抽纸给他："好的，我明白了。你别着急，让我了解一些情况，我们再说治疗方案。"

男人接过纸巾，指尖相触传来一阵暖意，他哽咽着开始了叙述：他曾有一个在周医生那里做过手术的同乡。手术后，现如今已经可以下地干活儿了。这样一个近在身边的"起死回生"的例子，让他经周医生介绍找上了我，并期望我能解决他母亲的问题。

"那你妈妈现在感觉怎么样？可以活动活动吗？晚上睡得怎么样？"我追问，搜集着"判案"的线索。

"平时她能够在家里做做饭，睡得还可以。"

他的回答让我的内心略略舒展了些，既然患者还能稍微活动一下，而不是只能卧床，睡得也还可以，没有夜间阵发性呼吸困难，就说明尚未发生严重心力衰竭，这是个好消息。

我又拿起听诊器，离老母亲近些，仔细听心音：清楚的收缩期杂音从主动脉瓣听诊区传来，尽管不是很强烈，但很清晰。这说明心肌收缩力尚可，至少可以把血流加速到在通过狭窄的瓣膜时能出现杂音。这就像是吹口哨一样，呼吸有力气的人才能吹出口哨音，虚弱无力的人是吹不出响亮的口哨的。

"来，再把你母亲的裤脚挽起，让我看看。"我又抬抬手示意，让儿子替母亲挽挽裤脚。一双有轻度水肿的脚露了出来，这说明患者的右心功能不差。

"在我们医院再做个心脏超声看看吧。"接下来，就是数据检验了，我尽快给他们安排了检查。心脏超声报告很快就出来了，可喜可贺，这次老母亲的射血分数竟然达到了40%，比之前的25%要好很多。

一系列检查下来，好消息一个接着一个，我的心里也涌起一丝希望：以我的临床经验来讲，尽管患者主动脉瓣膜重度狭窄，心脏长期高负荷工作，也曾出现过失代偿，射血分数降低到25%。但病情是有波动的，起码眼前患者的心功能处于比较好的阶段，我感觉还是有机会通过置换主动脉瓣治疗，而不是只能做心脏移植。

但此刻，我依然保持着无波面色，以免被紧紧盯着我的他们发觉了可喜的情绪，因为……万一呢？我不忍心让这样一个普通的家庭扬起希望，又陷入失望。

"杨医生，怎么样？除了心脏移植，我妈妈还有没有救？"务农人干涸粗糙的面庞上，眼瞳里明明白白写着对生命的渴望，写着儿子对含辛茹苦将自己抚养大的母亲炽热的爱，写着他们面对高昂的医疗费用却无能为力的无奈……寥寥几字问话，却滚烫得叫人心碎。

"根据现在患者的临床表现、我的检查和心脏超声的反馈，心脏功能还没差到一定需要移植，应该可以通过主动脉瓣置换术解决问题，但肯定比一般患者风险大很多！"我谨慎地措辞，陈述着。

"杨医生，我们愿意！只要有机会我们就愿意，出了危险也不怪你！"男人脸上露出一丝转瞬即逝的纠结，瞬即便被小鸡啄米般的疯狂点头替代。

2

患者的手术方案是主动脉瓣置换术，定在入院后第7天进行。

半透明的蓝色手术帽将患者灰白、稀疏的头发严严实实地包裹起来，在麻醉药的作用下，此刻她已经睡在低温的手术台上。经过一系列复杂的准备工作，我隔着乳白色的手套握起冰冷而锋利的手术刀，极具风险的拯救行动开始了。

鲜红的血滴顺着刀刃的切口渗了出来，那是生命依然鲜活的标志，我用高频电刀进行快速止血，随后顺着皮肤上手术区的标记有条不紊地深入。透过显微镜，我看到手术器械交叉碰撞，患者暗红色的心脏伴随着清亮的金属声，在明亮的无影灯下渐渐显露出真实面目——患者身材不胖，又长期劳动，心脏的结构十分清晰，而且左心室的收缩并没有很差，看起来，一切都很顺利。

但就在我们以为可以松一口气的时候，意外却陡然出现：由于患者主动脉瓣存在严重钙化，已经深入到瓣环内部，切除病变瓣膜后，居然从心脏里面看到外面的左心房顶了，也就是说瓣环部位的心脏被切穿了！

我不禁打了个寒战。

心外科的手术室室温一直控制在18℃左右，这是因为较低的温度不仅可以抑制手术室内细菌的繁殖，降低切口感染的风险，在体外循环的时候保护患者的器官，还能帮助医生保持冷静，避免医生因为温度不适而分神。

我早已在这样的温度下进行过无数场手术，再熟悉不过，但眼前的情况，却让我的后背感到阵阵凉意。

我知道，如果这个地方不能确切地缝合起来，那么毋庸置疑，结果会变得极其糟糕！

轻，则瓣周瘘。也就是患者的人工瓣环不能和心脏紧密贴合，术后肯定有反流。患者不得不在短时间内经历第二次费用不菲的开胸手术或介入手术，这与我们此次手术的初衷背道而驰。

重，则开放循环后……想到这里，我不禁锁紧眉头。假如一会儿出现了主动脉瓣环破裂大出血的情况，我们便不得不立即再次阻断心脏修补，甚至重新换瓣膜，这无异于是把本身就是半只脚踏进悬崖的患者再往外推了一把，摔下去定然是粉身碎骨，万劫不复。按照患者现在心功能情况，她的心脏是绝对承受不了两次停跳的。即使只做一次停跳，时间也不能太长，拖得越久，风险就越大。

"心脏阻断多长时间了？"我没有回头，冷静下来向身后的体外循环师问道。

"阻断30分钟了。"声音从我身后传过来。整个团队与我合作多年，我们就像默契的水手，在狂风巨浪中协力将一艘艘生命之船驶向安全的港湾。

时间不算多，情况不算好，但还有一些余地，所以我必须在尽量短的时间内确切地修补好切穿了的瓣环，再进行换瓣。

吸气、呼气、凝神、专注，摒弃一切杂念，我让所有的注意力都无声地融入显微镜中那个精妙的方寸世界。

为了减少张力，我用了一片相应大小的牛心包补片，先把破裂的瓣环补起来，这时候一定要密密地缝在结实的组织上，务必一次成功，否则心脏开放循环以后，心脏胀起来，是看不到这个地方的，只能看到喷血。如果缝合不到位，就会像缝在一块吹弹可破的水豆腐上一样，心脏受到一点儿压力就会把线崩开，前功尽弃。

缝好之后，我还不放心，又用了能抗300mmHg压力的胶水粘在缝合处，做到双保险。这样，我心里高悬着的石头略微放低了，小心翼翼地试探了一下。

果然，在双重保险下，换好瓣膜以后缝合的地方滴水不漏。更让我高兴的是，和我术前估计的一样，患者顺利地脱离了体外循环，心脏尽管明显增厚，但是跳动有力，没有了巨大的阻力，现在终于可以很轻松地跳动了！

这意味着，经过漫长的手术，这位屡屡在悬崖边缘徘徊的患者，最终不仅省去了心脏移植的高昂费用，而且得到了一个很不错的结果！

此时此刻，我的心里不免涌起一些小骄傲：尽管她的检查结果曾经很差，甚至被外院判决只有换心才能解决问题，但经过我们的共同努力，结果皆大欢喜。

3

当这位曾经被判"死刑"的患者从迷茫中醒来时，眼前是她那一直陪侍在床畔的儿子喜上眉梢的面庞。这时，我已经在忙别的事情了。

不得不提的是，当我在手术后和她儿子交代情况时，这样一个身强力壮的男人脸上露出了万花筒般的表情，有焦灼，有害怕，有担忧，有悲伤，有烦躁……但最后，都被席卷的喜悦所取代。

这一幕给我留下了深刻印象，都说男儿有泪不轻弹，都说成熟男人不会喜形于色，但看着他那一刻变幻万千的表情，我身为医生的自豪感再一次上升到新高度——为什么我如此热爱我的事业？这一朵朵从流过泪的瞳孔里重新绽放的希望之花，便是答案啊！

一年以后的随访，患者基本恢复了正常生活，如今我可以很开心地写下这一行行文字，来记录这段惊险的经历。

没有钱做心脏移植的患者，如何在手术台上活下来？

钱，是一方面的问题，另一方面，则在于医生对于患者病情的判断。

医生放弃一个患者很容易，一句话而已，医生想救一个患者，有时候却要背负风险，经历千辛万苦。关键在于，医生愿意冒这个风险，为守护患者的生命之光而披荆斩棘吗？

我从这个被其他医院"判死刑"的患者身上看到了一丝转机，于是给了她一个机会，尽管这对于我是个很大的挑战，但现在看起来，很值得。世界很大，我鞭长莫及之处俯拾皆是，但也很小，患者找到我，给予我这份信任，我岂能辜负？

"志愿以纯洁与神圣的精神终身行医，在我的判断力所及的范围内，尽我的能力为病人谋幸福……"我很自豪我没有辜负曾经许下的誓言，又一次帮助患者从疾病的阴霾中活下来。

一场
生命的
双向奔赴

是医生救了患者，也是患者自己救了自己；是不断发展的医学给了患者更好的生活，也是患者反哺了医学的研究和发展。用现在的一句流行语来说，可能这就是美好的"双向奔赴"吧。

1

从情窦初开到花烛喜夜，从十月怀胎到瓜熟蒂落……对于很多女性来说，成为母亲是人生的必经之路，时候到了，她便自然而然地成为一名母亲。

但有时候，这条路也可能是布满荆棘、艰难多舛的。

我就曾经遇到过这样一个年轻、聪敏的女孩，她大学刚毕业就分到了上海民政部门工作，据说工作能力十分出众。但有一天，她却因为"不能生育"的毛病找上了我。

你可能会纳闷：这事儿应该找妇科或者生殖中心吧，怎么会找到心外科呢？

别急，听完我的讲述，你就知道了。

第一次见到她，是十年前，她带着居住在郊县的父亲来上海看病。我看了材料，检查了患者，毛病很清楚：是马方综合征，难怪父女两人的个子都高高的，身形略微有些纤长。

我之所以清楚地记得这些10年前发生的事情，是因为我素来有个习惯：来我这儿接受治疗的患者，我总会详细记录下他们的情况。这既有利于我自己复盘完善，不断精进专业水平；也有利于患者长期的随访观察，倘若未来患者还需要我的进一步帮助，我马上就能查阅到极其详细的病史，从而做出更准确的判断。

说回她父亲确诊的马方综合征，这是一种遗传性疾病，不治疗的话，95%的马方综合征患者会在中年以前死于心血管并发症，常见的原因是主动脉瘤破裂、心脏压塞或主动脉瓣关闭不全导致的心力衰竭。

治疗方法很明确，就是做本托尔手术（Bentall

Operation）——把患者的主动脉瓣膜、主动脉根部全部换掉，换成人造瓣膜和人造血管。这种方案作为马方综合征的经典治疗方法，已经沿用了几十年，手术很彻底，效果也很好。

但当我把情况和他们交代后，她爸爸却不是很情愿，皱着眉头有点儿紧张地问我："必须要做吗？能不能不做？吃药可以吗？不做手术可以活几年？"

我摇头："应该做手术了，你的主动脉扩张得很厉害，主动脉瓣重度反流，心脏也扩大了，不做手术会有危险的。"

听罢，她爸爸还有些顾虑，咬着厚厚的嘴唇犹疑地思索着，拿不定主意。反倒是一旁年轻的她斩钉截铁地说："杨医生，我们做！"

一边说着，她还一边轻轻握住爸爸的手，比她爸爸更像是这个家庭的顶梁柱。我不免对这个聪明、坚定、孝顺、果敢的女孩另眼相看。

十年前的那个手术很顺利，她爸爸恢复得很好。但别忘了，马方综合征是一种遗传病，这意味着身为女儿的她，也很有可能无法幸免于难。所以当时给她爸爸做了手术后，我也提醒她多关注自己的身体状况，有不舒服尽快联系我。

2

过了几年，她果然来找我了，是自己一个人跑到我门诊的。

"怎么没带爸爸来？"我一眼便认出了这个给我留下深刻印象的女孩。

她咧嘴一笑："杨医生，我爸爸很好，一直在正常上班，谢谢你关心他。我这次来主要是想请你帮我看一下。"

我当即给她检查了心脏超声，结果显示她的主动脉根部确实有扩张，好在不算很严重。我便叮嘱她每年坚持复查、关注变化，严重的话再做手术。

她很听话，遵照我的嘱托每年都来找我一趟。遗憾的是，经过连续几年的复查，她的主动脉根部还是逐渐发生了比较明显的扩张，瓣膜也出现了中度反流。

"没办法了，还是得做手术。"我拿着报告单告诉她，"你知道的，和你爸爸一样的手术。"

本以为她会当场答应，毕竟她性格爽朗，最重要的是，她身边又有至亲接受过这个方案，应该不会排斥。但这一次，她却一反常态地缄默了，乌黑的愁云在她脸上凝结，化作一声央求："杨医生，除了这个，还有没有其他办法？"

此情此景，仿佛回到十年前。

我有些疑惑，轻声安慰她："是有什么顾虑吗？别担心，你爸爸也做过，你知道很安全的。"

"是的，但是……"她脸上难得地露出了赧然的表情："之前还没来得及告诉你，杨医生，我结婚了。我和我丈夫想尽快要一个宝宝，家里人也都很期待这个新生命的诞生。如果我和我爸爸一样……"

她的话没有说完，但我立即就明白了她到底为何所困——倘若接受了手术，把主动脉瓣膜换成机械瓣，为了避免人工瓣膜形成血栓，她就得和她爸爸一样，终身服用一种叫做华法林的抗凝药。但是，华法林可能造成胎儿畸形。所以，我们并不推荐患者换机械瓣后怀孕生子。这也意味着接受了这项手术的患者是不能生育的。但如果她因此不做手术，病情势必恶化，怀孕生子依然会出现危险。

为人父母，我很理解她，这对于一个年轻姑娘来说，的确太残忍了，完全就是剥夺了她做母亲的权利，于心何忍？她家里的父母，夫家那边又该怎么办呢？

这时，我想到了一个高难度的手术——DAVID手术，这是以发明这个手术的著名心外科医生名字命名的，最近刚在国内开展，全国能完成这项手术的医院屈指可数。由于手术可以在保留患者主动脉瓣膜的同时重建瘤样扩张的主动脉根部，对外科医生的操作要求很高，要分离整个主动脉根部，特别是把主动脉瓣缝合到人造血管的时候，精度要求非常高，凡是高一分、低一分或者稍有不对称，都会造成主动脉瓣反流，导致手术失败。届时，便要被迫转向换瓣手术，导致手术时间延长，患者极易出现生命危险。

手术难度如此之高，选择了这个方案，便等于将我和她都置于极高的风险之中，即便这样，也要勇敢一试吗？

我凝视着她信任的双瞳和忧愁的面容，想到这个与我认识已有十年的女孩，想到她未来还很长的人生，却可能会失去做母亲的资格，我在内心毫不犹豫地做出了选择。而且，考虑到这个姑娘一直在严密地随访，疾病并没有进展到很严重的程度，所以，确实可以尝试。

当场和她详细说明了情况和风险，她很坚决地选择了保留瓣膜的手术。

"即使手术中可能出现失败，你可能出现生命危险？"结束对话的时候，我再一次问她。

"我确定！"她斩钉截铁地告诉我，一如十年前她陪伴父亲做手术时的果决。

手术那天，为了保证手术质量，我请来经验丰富的专家亲自上台。值得庆幸的是，由于她很年轻，心脏病变没有到很严重的程度，每一步手术都非常清晰——解剖主动脉根部，游离冠状动脉，缝合瓣膜，几乎是教科书一样的操作。在操作结束，放开阻断钳后，我们就开始紧张地观察心脏情况，左心室不胀，心脏很快自动复跳，间接说明她的主动脉瓣没有严重反流的迹象。

等到心脏基本恢复正常跳动以后，心脏超声方面的专家熟练地把经食管超声探头调节到观察主动脉的角度，大家非常清晰地看到主动脉瓣的工作情况，基本没有反流，这意味着在4小时的奋战后，在大家共同努力下，手术成功了！真好！不负所托，她可以成为一名母亲了！

术后恢复得很顺利，没几天，她就出院回家了。又过了一年，随访显示她的主动脉瓣只有轻微反流，和正常人一样，主动脉根部的直径也完全正常。现在，她就是个健康的姑娘，不需要终身服用抗凝药，可以结婚、生子，与心爱的他孕育爱情的果实！

3

　　十年跨度，父亲与女儿，他们虽然得了同样的心脏病，却采用了不一样的手术方案，也产生了大相径庭的治疗效果——父亲置换了血管和瓣膜，手术很彻底，却因为换了瓣膜需要终身服药；女儿，不仅治好了疾病，还保留了瓣膜，不需要终身服药，可以过完全正常的生活。

　　这对父女完全不同的结果，见证着现代医学的飞速发展，也让我不禁有些感慨：不断前进的时代让人们在面对疾病的时候，拥有了更好的选择和更高质量的生活。这一切，不仅要归功于科技的进步，也要归功于医生与患者之间的互相信任，正是因为这份珍贵的信任，让医生敢给患者尝试新方案，让患者敢接受医生提出的新方案，实现多赢。

　　所以，是医生救了患者，也是患者自己救了自己；是不断发展的医学给了患者更好的生活，也是患者反哺了医学的研究和发展。用现在的一句流行语来说，可能这就是美好的"双向奔赴"吧。

如果
回到
5年前

老黄拖得太久了，拖到心脏病的终末期。尽管我们竭尽全力，解决了他的根本问题，但是继发的心力衰竭却无法逆转。尽管用了所有措施，他还是像根燃尽的蜡烛，不可逆转地走到生命尽头。

1

他一进门，我便留意到他那条引人注目的腿：肿胀得发亮的小腿肉艰难地从六分裤中钻出来，就像早高峰拼命挤出人潮涌到车门口的上班族。饶是裤腿已经十分宽大，却依然有些容不下这发面馒头般的腿。

视线逐渐上移，我看到他算不上肥胖的身形，与过分肿胀的腿很不相称。再往上，则是一张微微发紫的干涸嘴唇，他的鼻翼明显地扇动着，彰显着他正急促地呼吸。

"杨医生，你还记得我吗？"他开口时，我恰好与他四目相对，他眼里的红血丝被我尽收眼底。

他的问题让我心头倏地掠过一丝凉意：一般做过手术的患者才会这么问我，可是大部分做过手术的患者，术后生活状态很不错。眼前这位中年男人，任谁也能一眼看出他的状态并不好。

"不记得了，你做过手术了？"我摇摇头，一边询问他的情况，一边打开电子病史的全息视图，细细查阅他在医院就诊的全部记录。

原来，5年前这位患者的确曾在我这儿住过院，我们就叫他老黄吧。

那时，老黄的身体诊断出3个毛病。

第一个毛病，谓之"缺"——正常人主动脉瓣是三个瓣叶，有些人先天两个瓣叶融合在一起，形成二叶式畸形。这种瓣膜比较容易发生病变，老黄就属于这种情况。

第二个毛病，谓之"窄"——他的主动脉瓣膜发生了重度狭窄，平均压差高达80mmHg。通俗地说，老黄的心脏得克服远超正常情况的阻力，才能维持身体所需的血压。长此以往，心脏不堪重负、苦不堪言，心肌收缩力就会越来越弱，迟早有一天要出大问题。

第三个毛病，谓之"迟"——那时，由于患有冠心病，老黄的回旋支发生了严重狭窄，3个月前刚放过支架，应用了强力的抗血小板药，不宜立即进行手术，于是我建议他9个月之后再来找我做手术。但他，居然过了5年才来。

这么严重的毛病，不知道老黄这5年是怎么过的？我不禁想到电影《扫毒》里那句著名的台词："5年，你知道我这5年是怎么过的吗？"

"你居然挺了5年，太厉害了。现在怎么来了呢？"我问他。

老黄回答我："哎，气透不上来，我实在受不了了啊！"我点点头，心知这是当然的，老黄患有主动脉瓣重度狭窄，而主动脉瓣是心脏体循环的出口，位于左心系统，所以患者往往会有一定程度的左心衰竭，出现呼吸困难、肺水肿等症状。

"而且……"老黄叹了口气，"杨医生，我很担心我的腿，它肿得厉害。我在网上搜索过，那些说法让我很害怕。"话毕，他想向上拉起裤子，可是根本拉不起来。

"你从上面脱下来给我看吧。"我说。老黄依命，小心翼翼地照做了。

接下来的一幕，着实让我惊讶不已。尽管我从见到他的第一面就注意到他的腿了，但直到他把裤子脱下来，我才发现他的水肿不仅在小腿处，甚至还一直延伸到大腿根部。如此严重的下肢水肿，实在非常罕见，也给了我一个强烈的暗示：老黄当初那些毛病拖了5年，看样子，现在很有可能已经到了严重全心衰竭的程度，几乎是危在旦夕。

据我推测，发病的过程应该是左心衰竭导致肺淤血，继而发生肺动脉高压，导致右心衰竭，日复一日，病变逐渐从左心传导到右心，最终全心衰竭——这是老黄重度主动脉瓣狭窄的终末阶段。

于是马不停蹄地安排老黄住院，我在门诊的判断很快被一张张确凿的检查报告证实，实际情况甚至比我预料的还要严重。进一步检查发现，老黄不仅左心室已经严重扩张，冠状动脉也发生了严重病变，此外，前降支、对角支严重狭窄，放过支架的回旋支已经发生闭塞，升主动脉更发生了瘤样扩张。

此刻，老黄的情况完全可以用"前有狼，后有虎，左有豺，右有豹"来形容。针对他的情况，手术方案相应地要包括主动脉瓣置换、升主动脉置换、冠状动脉搭桥手术，缺一不可——这相当于整整三个大手术同时进行，而且还是在这样一个已经极度衰竭的心脏上进行，风险可想而知。

2

相关准备到位，手术如期而至，在令人安心的消毒水气味中，在明亮的无影灯下，在手术器械冰冷的碰撞声里，一场生死攸关的硬战全面打响。

我熟练地劈开胸骨，取好搭桥用的血管，一切都很顺利。正当我准备切开老黄的心包时，出人意料的事情发生了：老黄的心脏和心包之间竟然有着常人没有的紧密粘连。

分离粘连需要花费一些时间，而整场手术的时间很紧张。如果不分离这层粘连，让老黄的心脏整个露出来，手术便无法继续进行下去。真是屋漏偏逢连夜雨！

我只得小心翼翼地开始剥离这层粘连，时间一分一秒过去，心脏的庐山真面目慢慢显露出来——这是一颗怎样疲惫的心脏啊？暗红的心脏宛若负载着千钧之重，吃力地跳动着，左心室明显增大，右心房亦肿胀不堪，像黑色大理石般坚硬的升主动脉明显扩张。当我轻柔地伸手触摸，赫然发现升主动脉竟有些动脉硬化的斑块，进一步增加了手术的难度。

近两千个日夜，这颗心脏是如何顽强地支撑着老黄的躯体？短暂的喟叹从心中一闪而过，我无暇细想，开始快速建立体外循环。

阻断升主动脉，从主动脉根部注入停搏液，但切开升主动脉后，钳夹处却在喷血，这意味着由于老黄动脉硬化严重，方才的主动脉阻断是不彻底的，刚才注入的心脏停搏液也已经被稀释失效了，不解决这个问题，手术便无法进行下去。

好在换了三把阻断钳后，终于成功阻断主动脉，可以从左右冠状动脉开口重新分别注入停搏液了。棘手的问题又来了，由于老黄的左冠状动脉开口处硬化，无法从这里顺利注入停搏液。手术已经进行了一段时间，心脏已经处于缺血又没有停搏液保护的状态，再不尽快注入停搏液，老黄的心肌将会严重受损。

手术室的空气似乎凝滞起来，我的鬓角开始渗出些许汗意，必须在几分钟内注入停搏液，时间很紧迫！

别无他法，现在只能通过冠状窦逆行灌注了——由于老黄的心脏粘连，这个过程我将无法像平时那样把心脏搬起来感知逆灌导管的位置，只能在看不到的情况下，凭着对解剖位置的感觉，把逆灌导管盲插到直径只有1厘米的冠状窦。整了整心神，我谨慎地尝试了一下。

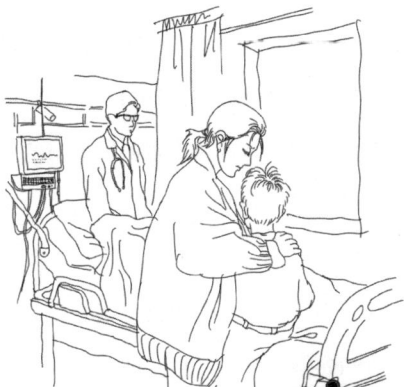

●患者亲刷
我面诲
我看你弟
你尽心
尽力，对得
起他的生
命和死亡，
却无法保
证得到尽善
尽美的结果

王军：
你知道我
这五年是怎
么过来的？

"情况如何？"我问体外循环师。

"逆灌压力正常，心脏顺利停跳。"耳畔传来体外循环师的回答。我略微舒了口气，这个环节，算是有惊无险地顺利完成了。接下来是更换瓣膜，当我紧接着探查老黄的主动脉瓣时，我的眉头又立马紧蹙，甚至低声惊呼出来："天呐，他是怎么活到现在的？"

身后的同事应声过来查看，也忍不住瞪大了眼，拧起川字眉——本应该薄如蝉翼的瓣膜，竟然已经变成了两块深入心肌的坚厚磐石。即使我费上九牛二虎之力，也难以用镊子将它扒开。这颗心脏简直就像是被压在五指山下的孙猴儿，被牢牢地控制住，动弹不得。5年时间，老黄居然活生生把自己拖成这样，忍受了这样的痛苦！我不由替他难受地叹了口气。

我凝神切除老黄原有的"石头瓣膜"，原来的瓣环结构已经完全消失，心肌上面出现了两块缺损，怎么缝起来又是个难题。面对接踵而至的问题，我终于忍不住和第一助手感慨道："像不像西天取经，一难接着一难。但愿我们能取到真经，救人一命！"

嘴上说着，手里却仍不停忙碌着，我接过器械护士递给我的牛心包补片，细密地修补上瓣周缺损，再换主动脉瓣，搭桥，升主动脉置换人造血管……一步一步，终于完成了手术。

术后，我们对老黄使用了比较大剂量的强心药辅助他脱离体外循环。到这时，我们的精神已经高度集中地坚持了超过6个小时，手术室里的每个人都累到冒出肉眼可见的汗珠了。我疲惫地坐在椅子上，轻轻闭上眼睛盘点手术，并计划接下来的安排，想着怎样才能让老黄尽快好起来。

3

老黄回到监护室以后，我们为他使用了很大剂量的升压药，但他的血压仍然偏低。于是，又用了主动脉内球囊反搏导管进行辅助循环，如此，直到第二天早晨，他的情况才基本稳定下来。

就这样，经过了1周的呼吸机辅助，老黄终于可以拔掉气管插管自主呼吸了。尽管他仍然很虚弱，但当清晨的阳光照在他脸上时，他的面色已经不再青紫，而是透出一丝血色。

我轻轻地唤醒他："老黄，感觉怎么样？""好多了，就是没力气。"他声音很轻，说话很慢。"5年，你来得太晚了，真能挺啊！"我轻柔地拍拍他。

他微眯着眼，无力地笑笑，没有回答。见此，我搓了搓掌心，让掌心格外温暖后才鼓励地握着他的手，感受着他的温度，也让他感受到我的温度："好好吃饭，慢慢休养，会好的！"

后来，我每天都去看他。老黄太虚弱了，我没有和他聊很多，但看他的年纪，想必一定有一大家子亲人等着他健康归来。

只是，天不遂人愿。尽管老黄一直在监护室里接受治疗，我们每天都为他调整用药，尽一切可能改善他的心脏功能。可他的恢复并没有那么顺利，总有差一口气的感觉，这样的情况，让我有些惴惴不安。

过了几天，快下班的时候，护士反映说老黄的血压不稳定，有下降趋势。但我们仔仔细细核查了全部材料，除了心肌收缩力下降外，并无其他异常。于是，只好再次气管插管，加大强心药的剂量，希望他能有所好转。

这天夜里我没有睡好，满脑子都在想老黄的事情，迷迷糊糊地只睡了三四个小时。第二天一大早，我冲到医院，找护士询问老黄的情况。护士说，这一晚老黄的尿量很少，升压药的剂量越用越大，但四肢都有湿冷。

尽管不愿，可以我多年的经验，答案已经呼之欲出：终究无法力挽狂澜，老黄已经耗尽了生命的储备，已经到了油尽灯枯的时候。

如果早些来，结局会不会不一样？可惜，人生没有如果。怀着深沉的惋惜，我和监护室的同事商量，继续全力抢救，做床旁血液透析，争取一丝渺茫的可能。

当我完成了一天的手术，再次回到监护室时，老黄的情况更差了。监护室的医生告诉我，已经通知他的家属到门口了。我出去找他的爱人，一个娇小的女人紧咬着嘴唇，眼角犹似还带着泪痕。见我出来，她急匆匆地问我："杨医生，情况怎么样？"

"情况不好，可能过不了今晚。"我回答她。话音刚落，她的眼泪便一下子涌了出来，她慌乱地攥着手里的纸巾，擦拭止不住的泪水。

这时候，我注意到旁边站着一个背着双肩包的男孩子，大概中学生的模样，眼神有些失焦。不用问，我也明白这孩子肯定是老黄的儿子，我不知道这是不是他第一次面对亲人的离开，这样的事发生在如花朵般纯真的年纪，太残忍了。

这本来是一个多么好的家庭啊……

我很心痛，但是我的表情很平静，或者说我只能不去想他家里会是个什么样子，因为现在他马上就要永远离开了，即使用尽全力，我依然需要面对这世界上太多的无能为力。

"杨医生，还有什么办法吗？"她哽咽着，继续问我。

"没有了，我们该上的措施早就上了。"

"怎么会这样呢？怎么会这样呢？"她向我哭诉着，似乎又在喃喃自语。

"因为他来得太晚了，5年以前我就告诉过他，尽早来，但他足足拖了5年！"我不甘地脱口而出。是啊，怎么会这样呢？本不应该的。

其实，她问的问题都是我要和她交代的事情：老黄拖得太久了，拖到心脏病的终末期。尽管我们竭尽全力，解决了他的根本问题，但是继发的心力衰竭却无法逆转。尽管用了所有措施，他还是像根燃尽的蜡烛，不可逆转地走到生命尽头。

他有幸福的家庭，有一个正在读中学的孩子需要照顾。可是，他选择了他的选择，这就是所谓的命运？

看着这对互相搀扶的无助母子，想着在监护室里马上就要离开他们的最亲近的丈夫、父亲，我不禁感慨万千：作为一个医生，患者来到我面前，我可以保证尽心尽力，对得起他的性命相托，却无法保证每个患者最终都能得到尽善尽美的结果。因为治病是一个医患双方共同努力的过程，任何时候，患者千万要把自己的病放在心上，为了自己，为了自己的至亲至爱，别耽误了最佳的治疗时机。因为拖延的结果，很有可能是我们都不愿面对，无力承担的……

有句话叫"用冰冷的理性温暖世界"，也许，在生死面前，过多的情绪并无益处，我想，做医生久了，都会有这种想法吧。

后记

毫无疑问，这将是我生命中最重要的一本书。它不仅承载着我的人生感悟，更凝聚了我的职业信仰和价值观。

我出生在北方哈尔滨一个普通的工人家庭，父亲从小教导我："为人要善良，不能害人，要尽力去帮助别人。"这句朴实的话语成为我一生的准则，也塑造了我知足、感恩的人生态度。

自幼便立志从医的我，幸运地考入了哈尔滨医科大学1989级七年制临床医学本硕连读专业，于1996年获得硕士学位后，又继续攻读外科学博士。博士毕业后，命运再次垂青，我有幸进入复旦大学附属中山医院心脏外科工作。对于每一位学医之人来说，无论是中山医院，还是它的心脏外科，都是医学殿堂级的存在。在这里，我不仅见到了那些在教科书上署名的专家、教授，更深深感受到中山医院醇厚、质朴的人文传统与精湛医术的完美融合，正如医院的院训所言："一切为了病人"！

时光荏苒，转眼间，我在中山医院已工作了24年。从初级医生到高级医生，从初出茅庐到独当一面，我接受了严格的训练，担任组长和主刀医生已有15年。这些年来，我诊治了数千名患者，但让我最为自豪的，并不是手术的数量，而是我做的每一台手术都值得，每一位患者都从我的手术中获得了真正的益处。我可以骄傲地说，在面对每一个患者时，我的思考中从未有过个人得失与利益，唯有如何让他们活得更好、更健康。

这本书记录了我多年行医路上的点点滴滴，也见证了生命、风险、亲情、爱在医院这个特殊时空下的交融与碰撞。在这里，我既目睹了生离死别，也感受到人间至真至纯的情感。

这些经历让我更加珍惜生命，也更加珍惜那些陪伴自己、关爱自己的人。我希望，能与每一个心中有爱、眼里有光的人共鸣，共勉！